Paul Katsit

Mykonos Crime © 19
CARNEVAL

Bisher erschienen in dieser Reihe (Deutsch/Griechisch)

<u>Serie 1:</u>
Mykonos Crime 1 Die Bestie von Mykonos
Mykonos Crime 2 Rache
Mykonos Crime 3 Tattoo
Mykonos Crime 4 Der Drei-Sterne-Mord vergr.
Mykonos Crime 5 Inzest
Mykonos Crime 6 Skalpell
Mykonos Crime 7 Hass
Mykonos Crime 8 Sturm über Mykonos
Mykonos Crime 9 Die Maske
Mykonos Crime 10 Abseits
Mykonos Crime 11 Glut
Mykonos Crime 12 Putsch

<u>Serie 2:</u>
Mykonos Crime 13 Royals
Mykonos Crime 14 Trauma
Mykonos Crime 15 Khaled
Mykonos Crime 16 Spione
Mykonos Crime 17 Botschafter
Mykonos Crime 18 Libido
Mykonos Crime 19 Carneval
Mykonos Crime 20 Darknet (Juni 2020)

Bisher erschienen auf Hebräisch:
Mykonos Crime 1: שגריר
Mykonos Crime 2: הליבידו (Sep 2020)

Bisher erschienen auf Englisch:

Mikonos Crime 1: Abducted
Mikonos Crime 2: Confusion
Mikonos Crime 3: The prince
Mikonos Crime 4: Spy
Mikonos Crime 5: Beast
Mikonos Crime 6: Ambassador (June 2020)

Andere Mykonos-Bücher siehe Buchende

Paul Katsitis

Mykonos Crime© 19

Carneval

Impressum

Titelbild: istockphoto/Shutterstock, Innenteil Shutterstock

Copyright Paul Katsitis 2020: **Der Inhalt als auch Buch- und Reihentitel sowie der Autorenname sind urheberrechtlich geschützt oder unterliegen dem Titelschutz. Jedwede Verwendung ist strafbar.**

ISBN 9783751924221

Herstellung und Verlag: BoD - Books on Demand, Norderstedt

Jeder Band behandelt einen abgeschlossenen Fall, sodass die Bände nicht in der Reihenfolge gelesen werden müssen.

Im Buch kommt ein saudischer Kronprinz namens Abdullah vor. Er ist reine Fiktion.
Der tatsächliche Kronprinz ist sicherlich ein freundlicher Mensch, der nichts dafürkann, wenn sich ein Journalist in Istanbul selbst zerstückelt.

Angelos Nikakis, 30, war Hauptkommissar in Thessaloniki. Während eines Urlaubs auf Mykonos traf er Alex Galis, Kommissar auf Mykonos. Die beiden heirateten.
Ein Jahr später wurde Angelos Nikakis zum Bürgermeister gewählt. Der erste schwule Bürgermeister Griechenlands.
Alles lief perfekt – bis …

Khaled Al-Massawi, 25, zu einem Kurzurlaub auf Mykonos eintraf. Khaled war Kronprinz eines kleinen Emirats und verliebte sich unsterblich in Angelos, der plötzlich nicht mehr wusste, zu wem er gehört. Letztlich trennen sich Alex und Angelos – und Khaled und Angelos wurden ein Paar.
Angelos Ex-Mann starb kurz darauf bei einem Einsatz.

Und dann gibt es noch: **Gabriel Markarov:**

Israeli und früher Mitarbeiter des Mossad. Er wurde auf Mykonos von einer Kugel getroffen und sitzt seitdem im Rollstuhl.
Angelos und Khaled nahmen ihn bei sich auf.

Gewidmet meinem verstorbenen Lektor

1

N un, ist mein Prinz zufrieden mit den
Flitterwochen? Im dritten Anlauf hat es
endlich geklappt", fragte Angelos Nikakis,
Kommissar und Bürgermeister von Mykonos.
Sein Ehemann, Khaled Nikakis, gebürtiger Emirati,
nickte und war offensichtlich entspannt und
glücklich.
„Im Januar kommen dem Herrn Kommissar
wenigstens keine Morde dazwischen!"
Die ersten beiden Versuche zu „flittern" waren an
mehreren Toten gescheitert, die ihre letzte Reise
unfreiwillig angetreten hatten. Wenn die
überhaupt noch reisefähig waren, denn der
Botschafter war von der Bombe in Tausend Stücke
zerrissen worden. Also musste Angelos Khaled
immer wieder vertrösten - bis Januar. Damit fielen
die meisten üblichen Reiseziele flach. In Venedig
schneite es gerade.
Es musste unbedingt warm sein, sonst wäre Khaled
unleidlich geworden. Als Emirati waren Temperaturen unter 20 Grad nur schwerlich zu ertragen.
„Ich hole mir hier eine Lungenentzündung oder
gar den Tod", hatte er sich Anfang Dezember
beschwert, als es auf Mykonos nur noch 22 Grad
hatte.

„Niemand hat dich gezwungen, hierherzuziehen", sagte Angelos und grinste.

„Doch. Du hast mich in schändlicher Weise verführt, zu deinem Sexsklaven gemacht und dann betäubt und vor den Traualtar geschleift", antwortete Khaled und lächelte.

„Aha. Meines Wissens hast du mich verführt und bekniet, dich zu heiraten. Und die Rolle des Sklaven im Bett hat Seine Königliche Hoheit selbst gewählt. Wenn ich mich recht erinnere, hast du vor Freude gejauchzt!"

„Tue ich doch immer noch", antwortete Khaled und umarmte Angelos. Noch immer erdrückte er Angelos fast – er hatte sich vor einem Jahr unsterblich verliebt und nicht zu hoffen gewagt, jemals Angelos´ Partner oder gar Ehemann zu werden, denn der war schon verheiratet. Doch auch Angelos warf die Begegnung mit Khaled aus der Bahn und so verließ er seinen Mann Alex, der kurz darauf ermordet wurde.

Weder Angelos, geschweige denn Khaled hatten es auch nur eine Sekunde bereut. Nur mit den Flitterwochen gab es zunächst mordbedingte Terminschwierigkeiten.

Doch nun hatte es funktioniert und die eine Woche Kuba tat Khaled unglaublich gut.

Und wenn Khaled glücklich war, dann war es Angelos auch.

So saßen die beiden in ihren First-Class-Sesseln auf dem Rückflug nach Athen und Khaled hatte seinen Kopf auf Angelos´ Schultern gelegt.

Ich habe den schönsten Mann der Welt, dachte Khaled. Wehe, mich zwickt einer und ich wache auf.

Aber Kommissar und Bürgermeister Angelos Nikakis saß wirklich neben ihm. 30 Jahre alt, perfekte Figur, definierte Muskeln, dort, wo sie hingehören, schwarzes Haar und das Gesicht einer griechischen Statue. Aber das Gefährlichste sind die pechschwarzen Augen, dachte Khaled. Sie ziehen jeden magisch an. Bei mir dauerte es genau fünf Sekunden, bis mich diese Augen angesogen hatten und nicht mehr freigaben. Dabei war auch Khaled eine Schönheit und wenn beide durch die Chora, Mykonos´ Altstadt, liefen, drehten sich viele um, Männer wie Frauen.

Khaled war Kronprinz eines winzigen Emirats, Fudscheirah, und hatte ohne jedes Zögern auf den Thron verzichtet, um bei Angelos sein zu können.
Natürlich durfte er seine „persönlichen Dinge" behalten: einen Jet, eine Yacht und knappe 50 Millionen Euro. Angelos machte sich nichts aus Luxus und amüsierte sich köstlich über die eine oder andere Allüre Khaleds. Als dieser erfuhr, dass sie nicht im eigenen Jet, sondern Linie fliegen würden, war Khaled vollkommen verstört.
„Mit anderen Menschen in EINEM Flugzeug? Wie soll das gehen?"
Auch die Erste Klasse missfiel Khaled, aber sein fassungsloses Gesicht ließ Angelos innerlich lachen. Es war eine kleine Lektion in Sachen Normalität.
„Wo soll man denn hier Sex haben?", fragte Khaled entrüstet.
„Dein erster Flug ohne Sex?", fragte Angelos lachend.

„Auf diese Premiere hätte ich verzichten können. Wehe, du bist heute Abend zu erschöpft, mein geliebter, alter Mann!"

„Ich hoffe, du hältst es bis dahin aus!"

„Wie? In der Ersten Klasse darf man nicht onanieren?", fragte Khaled und musste selbst lachen.

„Ich fühle mich deutlich sicherer. Immer, wenn du mich in der Luft in die Dusche ziehst, habe ich Angst, dass wir vor dem Orgasmus an einer Felswand zerschellen", flüsterte Angelos Khaled ins Ohr, da im Sessel neben ihnen eine ältere Frau schon entrüstet zu ihnen hinüberschaute.

„Ach, mein Dummerchen. Auf 35.000 Fuß gibt es keine Felswände", sagte Khaled.

„Aber vielleicht andere Flugzeuge?", schlug Angelos als Möglichkeit vor.

„Ich habe immer Vorfahrt. Oder heißt es Vorflug?"

Angelos prustete los. Khaleds Griechisch war noch immer grauselig. Er pflegte zu sagen, Griechisch sei keine Sprache, sondern eine heftige Kehlkopfentzündung.

„Vorfahrt für Seine Exzellenz, die ehemalige Königliche Hoheit?", stichelte Angelos.

„Das ist nur angemessen. Auf 35.000 Fuß ist kein anderes Flugzeug. Das ist eine königliche Luftstraße", antwortete Khaled, konnte das Lachen aber nicht mehr zurückhalten.

Ich liebe ihn, weil er mich zum Lachen bringt, dachte Angelos. Das Wichtigste an einer Beziehung.

„Und jetzt müssen wir wieder auf diese sibirische Insel", beschwerte sich Khaled. Und tatsächlich:

Durch den ekelhaften Nordwind kamen einem die zehn Grad plus vor wie minus zwanzig.

„Ich wärme dich später, mein Prinz", sagte Angelos.

„Mit deinem Heizstab?", fragte Khaled eine Spur zu laut. Die Dame neben ihnen schnaubte. Khaled drehte sich nach rechts und sagte laut: „Darf ich vorstellen? Dass ist Herr Nikakis, Bürgermeister von Mykonos und persönlicher Freund des Premierministers – und auch ich heiße Nikakis und war früher Kronprinz in den Emiraten. Und wir beide sind glücklich verheiratet!"

Die ältere Dame schaute pikiert und rieb ihre Halskette mit Kreuz.

„Und den Herrn am Kreuz treffen Sie sicher bald persönlich", fügte Khaled an.

„Unverschämtheit", rief die alte Dame.

Es folgte ein Eklat, weil sich Seine Königliche Hoheit nicht von einer weiblichen Stewardess belehren lassen wollte. Erst als der Purser, ein gutaussehender Deutscher, hinzukam und sichtlich erfreut über Khaleds Anblick war, beruhigte sich dieser.

„Geschlechtsdepp", knurrte Angelos.

„Ich liebe dich auch", lautete Khaleds Antwort. „Ehrlich gesagt habe ich keine Lust auf Zuhause. Aber der Bürgermeister muss sich an Karneval sehen lassen. Und dann noch die Höchststrafe: eine Sitzung des Hotelvereins", stöhnte Angelos.

„Autsch", sagte Khaled, der wusste, dass Angelos lieber ein Bad in Salzsäure nehmen würde, als den versammelten Hoteliers der Insel zuhören zu müssen.

„Aber ich habe keine Zweifel, dass es dir wieder gelingt, die Herren zur Weißglut zu bringen", sagte Khaled.

„Worauf du dich verlassen kannst!", knurrte Angelos.

„Ich glaube, die Hoteliers hassen dich mehr als alle Kriminellen auf den Kykladen zusammen. Irgendwann steckt ein Küchenmesser in deinem Rücken oder sie ersäufen dich in einem Pool!"

Und schnell fügte Khaled hinzu:

„Wobei du natürlich untergehst, weil eine Wasserleiche nie oben schwimmt und man den Quatsch in den TV-Krimis mit angeblichen Leichenblähungen nicht glauben sollte. Lektion brav gelernt?"

Angelos lächelte und küsste Khaled.

„Du wirst ein Super-Kommissar!"

2

Mykonos, Kalafati

Der Meltemi blies heftig. Ursprünglich verwendete man den Namen nur für die heftigen und trockenen Sommerwinde, die für den strahlend blauen Himmel und die erträglichen Temperaturen in der Ägäis sorgen.

Doch in den letzten Jahren verschwand der Meltemi nicht wie üblich im September, sondern fegte auch im Winter über die Kykladen – mit dem Effekt, dass man nicht weniger fror als im Hochgebirge.

Der Wind-Chill-Faktor sackte im Januar auf sibirische Werte. Leider vertrieb der heftige Wind auch die Regenwolken. Mit jedem Jahr blickte Bürgermeister Angelos sorgenvoller auf den Wasserstand des Stausees bei Panormos.

Der Mann tat sich schwer, die Autotüre zu öffnen, so stark drückte der Wind dagegen. Er war Südländer, Ende dreißig und von kräftiger Statur. Er fluchte, wie jeder, der zum ersten Mal Bekanntschaft mit dem Wind auf Mykonos macht.

Aber der Mann war Profi und hatte schon unter viel widrigeren Bedingungen gearbeitet. Zuverlässig und stets erfolgreich.

Sein Name war Yalha. Natürlich war es nicht sein richtiger Name, den hatte er schon fast vergessen.

Er ging mit dem Zollstock zu dem hölzernen Strommast. Yahya wunderte sich, dass es noch Länder gab, in denen Stromleitungen überirdisch geführt werden, aber er war sehr dankbar dafür. Sie waren hervorragend geeignet als Befestigung, ansonsten hätte er eine höhere Mauer suchen müssen. Die aber fanden sich nur in direkter Nähe von Häusern.

1 Meter 55.

Mit dem Akkuschrauber befestigte er den Kabelhalter, führte den Draht ein und klappte den Sicherungshebel nach unten.

Obwohl es Samstagabend war, schien kein Mensch unterwegs zu sein. Yahya blickte in beide Richtungen – es waren keine Lichter zu sehen. Er ging über die Straße und brachte auf der anderen Straßenseite die gleiche Vorrichtung an. Er spannte den Draht und besah sich sein Werk. Der matt-schwarz lackierte Draht war nicht zu sehen. Er maß zur Sicherheit in der Mitte der Straße nach. 1 Meter 55.

Die Höhe hatte er in einer Simulation genau berechnet. Gut – zwei bis drei Zentimeter mehr oder weniger spielten keine Rolle.

Yahya nahm den Draht aus der Halterung und ging zurück zum Wagen. Aus dem Kofferraum holte er ein LED-Strahler und ging hundert Meter in Richtung Ano Mera. Die Straße war kerzengerade. Von Kalafati schlängelte sich die Fahrbahn in mehreren Kurven hoch bis zum Plateau und führte dann gerade weiter zu einer Kuppe. Yalha suchte nach einer Öffnung in einer der brüchigen Wind-mauern, die für Mykonos typisch sind. Schnell war der Strahler in ein Loch gezwängt und saß fest. Yalha ging zurück zum Wagen und drückte die Fernbedienung. Das Licht blendete so stark, dass man nichts mehr sah.

Perfekt. Die Montage hatte keine acht Minuten gedauert.

Yahya war zufrieden.

Dieses Jahr würde der Carneval auf Mykonos ein zusätzliches Highlight bieten.

3

An diesem Samstag hielten sich zwei Prinzen auf Mykonos auf. Der eine, Khaled Nikakis, war froh, dass er nach dem Massentransport in der Ersten Klasse endlich wieder mit seinem Mann Angelos allein war. Er war zuhause, im oberen Teil von Ornos. Nun, ganz allein waren die beiden nicht, aber dazu später.

Keine 800 Meter davon entfernt hielt sich ein zweiter Prinz auf – und zwar ein amtierender, kein zurückgetretener wie Khaled.

Kronprinz Abdullah sah aus dem Fenster seiner Suite im Santa Marina Resort. Er liebte den frischen, trockenen Wind auf Mykonos. Vierzig Grad habe ich zuhause selbst. Dazu 363 Tage ohne Wind und drei Tage Sandsturm. Wind mit Dreck, dachte er.

Im Übrigen bot das „Santa Marina" einen Luxus, der des Prinzen angemessen war. Abdullah genoss auch den Umstand, dass nur wenige Gäste seine Vorliebe teilten. Inkognito reisen war hier kein Problem, zumal das Resort auf einer privaten Halbinsel lag. Zutritt strengstens verboten. Ein halbes Bataillon von Security-Männern und eine Armada an Kameras und Alarmanlagen sorgten dafür, dass die Halbinsel komplett abgeschottet war.

Kronprinz Abdullah brauchte Ruhe, um seinen Plänen den letzten Schliff zu verpassen.

Er musste lächeln, denn der zweite Prinz, befand sich keine 800 Meter von hier entfernt und er hat keine Ahnung, welch künstlicher Sturm sich über seinem Kopf zusammenbraut.

Aber Abdullah konnte darauf keine Rücksicht nehmen. Er hatte ambitionierte Pläne und Khaled Nikakis spielte eine zentrale Rolle. Von mir aus kann er seinen schwulen Mann mitnehmen, dachte Abdullah.

Er hatte seinen Mitstreitern versprochen, die Emirate massiv zu reformieren und Abdullah verspürte einen wachsenden Druck - und die Ungeduld.

Es ist nicht so einfach. Die Emirate sind ein äußerlich quirliges Land, das auch wirtschaftlich diversifizierter ist als das rückständige Saudi-Arabien. Abdullah hatte seinen Vater weitest-gehend kaltgestellt. Doch es blieb noch ein Emir, der alles blockierte. Gut, Fudscheirah ähnelt Saudi-Arabien sehr. Weit weg von Dubai, sind die konservativen Kräfte besonders stark und der Emir hat schlicht Angst.

Er muss weg und ersetzt werden. Doch es gibt keinen Nachfolger in der Al-Massawi-Dynastie. Aber es gibt einen Vorgänger in der Thronfolge. Prinz Khaled. Ein weltläufiger Mann.

Dass er schwul ist, stellt ein gewisses Problem dar, aber zur Not muss man Herrn Nikakis im Hinter-grund halten.

Es würde schwer werden, denn Khaled war noch immer über beide Ohren verliebt.

Schwierig, aber das kriegen wir hin. Schritt für Schritt.

Erst müsste Emir Raschid verschwinden, am Besten für immer. Möge ihm Allah ein One-Way-Ticket

schicken. Das zweite drängende Problem war, dass Abdullahs Gegner ahnten, was er vorhatte. Und sie hatten keine Zeit verloren.
Die Mörder waren schon hier. Auf Mykonos.

A ngelos betrat das Bad. Da das Haus keine Zwischenwände hatte, gab es auch keine klassischen Zimmer, sondern nur Bereiche. Selbst die Dusche installierte man ohne Kabine oder Türe. Lediglich der Boden fiel leicht ab, damit es zu keiner Überschwemmung kam. Hinzu kam, dass es kein einziges Handtuch gab.
Als Angelos und Khaled zueinander fanden, wohnten sie zunächst in einem Resort in Agios Ioannis. Nach dem ersten Duschen drückte Angelos ihm das Badetuch in die Hand – und erntete einen verständnislosen Blick.
„Was soll ich damit?", fragte Khaled.
„Dich abtrocknen. Oder soll ich Seine Königliche Hoheit trockenrubbeln?", fragte Angelos.
Khaled nickte mit unschuldigem Blick.
Nachdem das Abtrocknen länger dauerte als gedacht, beschloss Khaled, dass man im neuen Haus keine Energie für eine so sinnlose

Beschäftigung wie den Gebrauch von Badetüchern aufwenden dürfe. Und das lästige Drehen von irgendwelchen Hebeln würde ebenfalls beseitigt.

Getrocknet wird im Hause Nikakis durch ein 1 Meter vierzig hohes Trockengebläse, zwischen dessen beiden Säulen man sich nur stellen musste, um getrocknet zu werden.

Angelos lachte lauthals, als er zum ersten Mal die neue Dusch-und-Trocken-Anlage sah.

„Das ist an Dekadenz nicht mehr zu überbieten!"

„Nein. Es ist nur praktisch. Willkommen im 21. Jahrhundert", lautete Khaleds lässige Replik. Selbstverständlich wurde auch der Duschvorgang selbst digitalisiert. Man sprach mit Alexa (oder Erika oder Eleni) und teilte ihr mit, ob man den Massagestrahl bei 37 Grad oder den tropischen Regen bei 28 Grad wollte.

Der erste Versuch misslang gewaltig.

Als Angelos die Dusche betrat, hörte er eine Frauenstimme, was ihm schon prinzipiell missfiel.

„Willkommen, Königliche Hoheit. Bitte wählen Sie das gewünschte Duschprogramm und die Temperatur!"

„Analspülung, 36,76 Grad", sagte Angelos und war gespannt, wie Alexa reagieren würde. Nun, sie reagierte unerwartet.

„Das Stimmmuster stimmt nicht überein. Sie sind nicht befugt, diese Anlage zu nutzen!"

Angelos brodelte.

„KHALED!"

„Was ist, mein Schöner?", fragte Khaled.

„Erstens will ich eine Männerstimme und wenn ich nicht befugt bin zu duschen, bin ich auch nicht befugt, das königliche Zepter in den Mund zu nehmen. Du änderst diesen Scheiß sofort", knurrte Angelos.

„Natürlich. Ich hole das Notebook und dann brauche ich eine Stimmprobe!"

„ICH WILL NUR DUSCHEN, HERRGOTT", beschwerte sich Angelos.

Nach Abgabe der Stimmprobe kam tatsächlich Wasser aus der Decke.

„Zufrieden? Wenn ich schon mal hier bin, könnte ich gleich mitduschen", sagte Khaled.

Angelos drehte sich um und sagte grinsend:

„Ihr Stimmmuster stimmt leider nicht überein!"

Angelos ging in den Schlafbereich. Khaled lag bereits im Bett.

„Mein Prinz, der morgige Tag wird kein Spaß. Erst diese dumme Sitzung und dann Carneval", stöhnte Angelos.

„Ich gehe mit zu der Sitzung", sagte Khaled. Keine schlechte Idee. Die Herren Hoteliers werden nicht begeistert sein, also war es ein guter Einfall.

„Und in welchem Gebäude feiert man den Carneval?", fragte Khaled.

„Gebäude? Wir feiern draußen!", antwortete Angelos.

Und da war er wieder. Der verständnislose Blick Khaleds.

„Ich werde mir den Tod holen!"

5

Mykonos, Kalo Livadi

Yahya lag auf dem Bett seiner Ferien-
wohnung am Strand von Kalo Livadi.
Apartments, die im Sommer zu
astronomischen Preisen an Touristen vermietet
werden, stehen im Winter keineswegs leer.
Mykonos ist auch im Januar keine tote Insel. Im
November fällt eine Horde Handwerker, Innen-
architekten, Ingenieure und Bauarbeitern ein, um
die kurze Zeit bis zum Saisonbeginn zu nutzen.
Nicht zu vergessen die Hunderte von Wachleuten,
die leerstehende Villen bewachen – und davon
gibt es nicht wenige.
Insofern fiel es keineswegs auf, wenn man unter
dem Deckmantel, man gehöre einer der
genannten Gruppen an, ein Apartment
anmietete.
Yahya hörte vom Bett aus zu, wie Heaven mit
seiner Freundin telefonierte. Heimliche Freundin.
Das Handy war verwanzt und macht es Yahya
leicht, jede Bewegung Heavens zu verfolgen.
Dessen richtigen Namen kannte er nicht. Zu
Beginn seiner Tätigkeit hatte er gelernt, dass man
niemals die Worte Opfer, Ziel oder Target verwenden darf. Für den Fall, dass man abgehört wurde,
war es empfehlenswert, ein Codewort zu
benutzen. Yahya wählte den Namen des Ortes,
den seine Opfer als nächstes besuchen würden.

Kurzzeitig hatte er erwogen, „Hell" zu verwenden, es war für die meisten Opfer wohl eher die Final Destination, aber „Heaven" gefiel Yahya.

Sehr von Vorteil war, dass Heaven seine Gespräche in Yahyas Muttersprache führte.

In kehligem Arabisch, dem ägyptischen Dialekt ähnlich.

Dann wurde Yahya hellhörig.

Heaven sagte, dass er zu einem Treffen und damit das Gespräch beenden müsse. Schnell und flexibel reagieren können war eine Grundvoraussetzung bei jeder Bewerbung in diesem Metier.

Ich brauche drei Minuten bis nach oben – genau dieselbe Zeitspanne würde Heaven von seiner Wohnung bis Punkt Zero brauchen, dachte Yahya. Doch er hörte wie die Dusche anging. Yahya lächelte. Praktisch, wenn ein Handy selbständig ein Gespräch führt, am besten mit mir. Er beschloss dennoch, sich fertig zu machen. Stressfreie fünf Minuten später war Yahya am Punkt Zero und wartete.

Das Dröhnen in seinem Ohr verriet ihm, dass Heaven losgefahren war. Yahya stand hinter einer Mauer und ging ohne jede Eile und Nervosität in Deckung. Es durfte nur niemand anderes unterwegs sein, aber es war weit und breit kein Licht zu sehen und Fußgänger gab es garantiert keine. Von unten, von der Straße, die am Strand von Kalafati vorbeiführte, hörte man das Dröhnen. Ganz dumm kann Heaven nicht sein, denn ein Motorrad als Fortbewegungsmittel zu wählen, war eine kluge Wahl. Die kurvigen Straßen auf

Mykonos sind ideal für Bikes. Verfolgungsjagden wären somit nach dreißig Sekunden beendet. Aber es würde Heaven nichts nutzen. Yahya hasste Aufsehen. Die Arbeit musste möglichst unauffällig verrichtet werden.

Das Motorrad erreichte das Plateau, die Lichter waren bereits zu sehen. Wozu in Deckung gehen, dachte sich Yahya. Nein, ich bleibe stehen. Dann gab der Fahrer Gas – er hatte die Kurven hinter sich. Er raste in Richtung Kuppe. Yahya drückte auf die Fernbedienung und das grelle Licht blendete Heaven.

Wie erwartet richtete sich der geblendete Fahrer auf. Den Draht, der ihm den Hals abschnitt, sah er nicht. Ein schmerzloser Tod, dachte Yahya. Die Einheit Motorrad und Fahrer hatte sich in drei selbständige Teile aufgelöst. Das Motorrad und der Körper ohne Kopf flogen dreißig Meter und knallten hinter einer Mauer auf den Boden – wie berechnet. Dort würden sie so schnell nicht gefunden, das Anwesen war unbewohnt. Heavens Helm mit Inhalt war von der Fahrbahn gerollt und blieb auf dem Bankett liegen.

Enjoy the trip to heaven, Heaven.

Yahya baute in vier Minuten ab und nichts erinnerte mehr an das, was geschehen war. Bis auf eine Kleinigkeit.

6

Sonntag, zwei Stunden früher, Ornos

Gut. Heute also verkleiden und Alkohol bei Eiseskälte. Was passiert dann morgen?", fragte Khaled, als sie nach Ano Mera fuhren.

„Morgen? Das Drachensteigen in Ornos am Strand", sagte Angelos.

„Drachensteigen? Wieso hast du mir das nicht vorher gesagt? Ich hätte gerne mitgemacht. Drachen lässt man auch bei uns steigen!"

Angelos zog die Augenbraue hoch.

Schnell korrigierte sich Khaled:

„Äh, ‚bei uns' heißt in meiner früheren Heimat. Gut so?"

„Besser. Ich habe es dir mit Absicht nicht gesagt. Du hättest in einer Spezialwerkstatt einen High-tech-Drachen aus Glasfiber und Seide fertigen lassen. Wahrscheinlich auch noch mit Motor. Du hättest einem zehnjährigen Jungen den Sieg vermasselt!", sagte Angelos.

„Ich bin halt ein Wettkampftyp!", entgegnete Khaled.

„So? Den Wettkampf gestern Nacht hast du verloren. Die Worte ‚Bitte aufhören' hab ich noch nie von dir gehört!"

Angelos grinste breit.

„Du hättest mich fast gevierteilt. Du bist ein Monster. Für einen alten Mann von dreißig nicht übel!"

Khaled grinste zurück.

„Und nach dem Drachensteigen kommt Mantzaris. Unser alter und neuer Richter. Ich möchte, dass du ihn kennenlernst!"

„Ah. Der Premierminister hat also sein Versprechen gehalten und die Pensionierung rückgängig gemacht! Nun ja, er steht in deiner Schuld. Schließlich hast du seinen Freund gerettet!"

„Das waren ‚wir'. Und Abu Bakar. Aber er ist glücklich. Nur für wie lange? Irgendwann kommt es raus!", sagte Angelos.

„Dann soll er zurücktreten und hierherziehen", meinte Khaled. „Hab ich ja auch gemacht. Ich habe nur vergessen, warum", antwortete Khaled trocken.

Angelos lachte und verpasste Khaled einen Klaps auf den königlichen Schritt.

„Jedenfalls ist mir Markaris sehr dankbar. Er gehört zu denjenigen, die für ihre Arbeit leben. Die Pensionierung hat ihn aus der Bahn geworfen und seine Alte ist ein Drachen. Die könnte man morgen auch steigen lassen, wenn sie nicht so fett wäre!"

Sie waren fast angekommen. Die Sitzung des Hotelverbandes fand Im Saal des Klosters in Ano Mera statt.

„Das ist echt ein Witz. Hoteliers und ein Kloster. Wahrscheinlich fallen alle Kreuze von der Wand", knurrte Angelos.

„Schlimmer als meine Familie können sie nicht sein", behauptete Khaled.

„Hast du eine Ahnung", antwortete Angelos.

7

Die „Mafia 2.0", wie sie Angelos immer nannte, nahm mit Murren zur Kenntnis, dass Angelos Khaled im Schlepptau hatte.

„Was will der denn hier?", knurrte Persidis.

„Bitte? Komisch. Vor drei Monaten war Khaled Gast in Ihrem Hotel und Sie haben sich vor ihm in den Staub geworfen. Königliche Hoheit hier, Königliche Hoheit da. Zu Ihrer Erinnerung: er ist immer noch Mitglied einer königlichen Familie. Im Übrigen ist die Welt des Jet-Sets klein. Wenn sich herumsprechen sollte, dass Sie Ihre Gäste respektlos behandeln …", sagte Angelos laut.

„NEIN. Bitte, es war nicht respektlos gemeint. Entschuldigung, Königliche Hoheit", sagte Persidis erschrocken.

Khaled winkte huldvoll ab. Es hieß wohl: „Halte er die Klappe, nichtsnutziger Wurm."

„Also: mit was strapaziert Ihr heute meine Nerven?", fragte Angelos.

„Es geht um den venezianischen Carneval", sagte Sahas vom „Ambassador".

Angelos verdrehte die Augen.

„Zum dritten Mal? Legt ihr das Thema auf Wiedervorlage?"

„Ja. Weil wir eine Belebung der Nebensaison brauchen. Schauen Sie nach Patros. Eine Million Gäste am Rosenmontag!"

„Und ohne die nagt ihr am Hungertuch, ich weiß. Zum dritten Male: ein venezianischer Carneval hat auf Mykonos nichts zu suchen. Außerdem: käme nur ein Zehntel der Gäste auf Patros, versänke Mykonos im Meer, allein wegen des Gewichts. Herrgott, im Sommer bringen schon vier Kreuzfahrtschiffe die Chora zum Platzen. Wo wollt ihr denn einen Umzug UND Zuschauer unterbringen bei zwei Meter Straßenbreite", regte sich Angelos auf.

„Der Umzug sollte vom Hafen über die Uferstraße laufen", sagte Sahas.

„Da ist keine Leitplanke oder Zaun. Die Menschen fallen zehn Meter in die Tiefe und knallen auf die Felsbrocken. Das ist nicht euer Ernst!"

In der hinteren Reihe murmelte einer:

„Der ist erst 30. Bleibt der noch 30 Jahre Bürgermeister, erschieße ich mich. Keinen Sinn für Innovation und Fortschritt!"

Fortschritt bedeutete für einen Hotelier den Fortschritt seiner üppigen Bargeldreserven in der Kühltruhe.

„Regel 11 Kommissar: Du suchst Bargeld? Räume die Gefriertruhen leer", hatte Angelos Khaled erklärt.

„Also, meine Herren. Ihr wollt es italienisch? Bitte sehr: Non con me!", sagte Angelos.

Nur über meine Leiche.

Wutschnaubend verließ Angelos das Kloster.

„Ich glaube, die Typen sind gefährlicher als alle Drogenhändler zusammen", sagte Khaled.

„Vielleicht solltest du in Zukunft eine schusssichere Weste zu den Sitzungen mitnehmen!"

„Oder besser eine Uzi", knurrte Angelos.

„Umziehen und dann ab in die Chora. Ich besaufe mich heute!"

„Oh. Ich hoffe, das hat keine Auswirkungen auf deine Potenz", meinte Khaled.

„Wenn später nichts mehr geht, dann eher, weil du fünf Wärmflaschen und heißen Tee brauchst", antwortete Angelos. „Es wird auf jeden Fall ziemlich schattig. Na ja, mit den Heizpilzen geht es schon!"

Da hatte Khaled seine Zweifel. 16 Grad bei eisigem Wind.

„Aber wenn meine Nase blau anläuft, gehen wir", bestimmte Khaled.

„Wir müssen hin. Ich auf jeden Fall. Und es schadet bestimmt nicht, wenn du dich ein wenig mit den Leuten unterhältst. Viele kennen dich noch nicht. Und jeder will die ‚Königliche Hoheit' sehen", sagte Angelos.

„Die ‚Königliche Hoheit' ist aber ein verfrorener Araber, der sich noch dazu weigert, diese grässliche Sprache zu sprechen. Bei Griechisch reißen ja die Stimmbänder", knurrte Khaled.

Angelos lachte laut.

„Also fahren wir jetzt nach Hause und malen uns an!"

„Was bitte?", fragte Khaled.

„Hab ich das vergessen? Das Gesicht wird geschwärzt“, erklärte Angelos.
„Aha. Und warum?“
„Ich habe keine Ahnung“, antwortete Angelos.
„Schöner Bürgermeister“, sagte Khaled und lachte.

8

Kathari Deftera. Rosenmontag – Kalafati

Dimitri Mitroglu hatte schlecht geschlafen. Er hatte Angst, dass der Wind nachlassen würde. Dann wäre die Arbeit von Wochen umsonst gewesen.
Und er hatte lange getüftelt an seinem Drachen.
Dimitri stürmte aus seinem Bett und riss das Fenster auf. Erleichtert hörte er das Brausen des Windes.
7 oder 8 bft. Eine Herausforderung für jeden, der einen Drachen steigen lassen will. In einer Sekunde kann das Seil reißen oder der Wind packt den Drachen und schmeißt ihn an die nächste Felswand.
Aber das würde Dimitri nicht passieren. Jede freie Minute hatte er trainiert und Verbesserungen vorgenommen.
Für seine sieben Jahre war Dimitri ehrgeizig, aber es ging auch um die Ehre des Dorfes. Ich muss

den Drachen Probe steigen lassen. Schnell zog er sich an und packte seinen knallroten Drachen. Doch seine Mutter bremste ihn.

„Halt, junger Mann. Nicht ohne Schal. Und du trinkst gefälligst deine Milch!"

Dimitri gehorchte widerwillig und stürzte die heiße Milch hinunter. Fragend sah er seine Mutter an. Sie lächelte.

„Geh schon. Und mach uns später keine Schande!"

„Ich werde gewinnen", sagte Dimitri. „Ich habe den schönsten Drachen!"

Er rannte nach draußen. Er wusste genau, wie er den Drachen halten musste, damit er nicht fort-gerissen wurde. Vielen anderen Jungs würde genau dies passieren. Wusch – und weg war die Arbeit von Wochen.

Dimitri wollte hinauf auf die Kuppe. Es war der einzige Platz, an dem keine Strom- oder Telefonmasten standen.

Plötzlich nahm er wahr, dass links an der Mauer etwas lag. Ein Ball, ein knallbunter Ball. Aber warum bewegt er sich nicht, obwohl der Wind so stark blies? Dimitri tränten die Augen und erst, als er genauer hinsah, erkannte er: das war kein Ball. Das Ding war nicht rund. Aber was war …?

Ein Helm. Wie ihn die Motorradfahrer aufsetzen. Im Sommer rasen die Dinger zu Hunderten an unserem Haus vorbei. Cool. Einen Helm haben die anderen Jungs nicht. Er nahm ihn in die Hände und stellte erstaunt fest, dass er ihn fast nicht hochheben konnte. Er legte den Drachen auf den Boden und legte vorsichtig drei Steine auf ihn.

Jetzt kann ich ihn mir genau ansehen. Dimitri hob den Helm hoch. Dann hörte er ein schmatzendes Geräusch – und heraus fiel ein Kopf.
Heavens Kopf.

Eleni Mitroglu, Dimitris Mutter, gehörte noch zu der Generation, die vor Behörden und Polizei Respekt hat, eine aussterbende Spezies. Auf Mykonos waren Behörden und Polizei in der Hand eines Mannes. Es war Rosenmontag, Feiertag. Im Rathaus war niemand, auch beim Notruf hatte es Eleni versucht. Sie hatte den Kopf mit einem Handtuch bedeckt und Dimitri ins Bett gebracht.

Kann ich den Bürgermeister privat anrufen, fragte sie sich. Immerhin liegt ein Kopf vor der Türe.
Sie mochte den Bürgermeister, wie viele einfachere Leute auf der Insel. Mykonos gehört allen und nicht nur den Hoteliers und Reichen, hatte er auf einer Dorfversammlung gemeint und bisher auch so gehandelt. Sie nahm ihren Mut zusammen und wählte die Nummer.

Kathari Deftera. Rosenmontag – Ornos

Khaled stand an der Brüstung und schaute hinunter zum Kitesurferstrand. Angelos gesellte sich zu ihm und musste lachen. Sein Prinz hatte Mütze, Schal und eine dicke Jacke an.

„Bist du immer noch glücklich hier zu sein?"

„Wenn du mich bis zum Frühling täglich wärmst: ja", antwortete Khaled bibbernd.

„Am besten zwei Mal pro Tag", fügte er grinsend hinzu.

Khaled schaute wieder hinunter.

„Das sieht schon toll aus mit den Drachen. Hätte ich auch gern mitgemacht. Aber wieso müssen wir da runter? Die Sicht ist hier doch viel besser!"

„Weil der Bürgermeister einem der Bälge einen Preis überreichen muss", raunzte Angelos.

„Ah. Der Bürgermeister als Kinderschreck!"

„Klappe. Oder ich werfe alle Jacken in den Müll, du Weichei. Komm, wir müssen", antwortete Angelos. Da brummte sein Handy

„Eleni Tsanetis. Entschuldigen Sie vielmals, dass ich Sie am Feiertag störe, Herr Bürgermeister. Ich rufe aus Kalafati an!"

Und die Drachen sind dort in den Stromleitungen hängen geblieben und haben einen Kurzschluss verursacht, dachte Angelos. Jedes Jahr das Gleiche. Aber so war es nicht.

„Mein Sohn hat einen Kopf gefunden!"

„Was? Vielleicht ein Tierkopf?", fragte Angelos.

„Nein, äh ..."

„Oder einen Schädel?"

Aus einem alten Grab, dachte Angelos.

„Nein, Herr Nikakis. Es klebt frisches Blut daran!" Mist.

„Und der Rest der Leiche?"

„Seien Sir mir nicht böse. Ich möchte keine Leiche ohne Kopf sehen. Ich ..."

„Natürlich nicht, Frau Tsanetis. Ich fahre gleich los. Braucht der Junge einen Arzt?", fragte Angelos.

„Nein. Vielen Dank und nochmals Entschuldigung!"

Angelos rief nach Khaled:

„Prinz! Antreten! Wir haben eine Leiche!"

Und Khaled strahlte.

„Eine normale Leiche? Ohne Bombe und Geheimdienste?"

„Sieht so aus", sagte Angelos, ließ das Detail „Kopf" aber weg.

„Super. Mein erster normaler Fall", meinte Khaled freudig.

Er sollte sich täuschen.

Der Mann ohne Kopf war auf dem Weg ihn zu töten. Ein Draht hatte Khaled vor Schlimmerem bewahrt.

Ein Draht in 1 Meter 55 Höhe.

10

Khaled rannte noch einmal zurück ins Haus – und kam mit einer Glock zurück.

„Äh, mein Prinz, der Mann ohne Kopf tut uns nichts und der Mörder steht sicher nicht als Anhalter auf der Straße – Stunden nach der Tat!", sagte Angelos.

„Kommissar Regel 12: Immer mit dem Unerwarteten rechnen", antwortete Khaled trotzig.

„Touché", gab Angelos zu und fuhr los.

„Stopp", sagte Khaled.

„Was ist?"

„Blaulicht und Sirene?", fragte Khaled.

„Wozu? Ich bin noch nie mit Blaulicht …", sagte Angelos verdutzt.

„BLAULICHT", beharrte Khaled mit Schmollmund.

„Kindheitstraum? Aber wenn mein Prinz möchte …"

Angelos stieg aus, kramte aus dem Heck das Blaulicht hervor und stellte es auf das Dach. Magnetschalter an.

„Und jetzt auch noch die nervige Sirene?", fragte Angelos.

Khaled grinste nur.

„Bis wir dort sind, ist die Leiche verwest", knurrte Angelos.

Die meisten Fahrzeuge bremsten abrupt, denn Polizei mit Blaulicht kannte man bisher auf der Insel nicht.

Nach zehn Minuten erreichten sie das kleine Haus von Eleni Tsanetis.

„Khaled, ich spreche mit der Frau und dem Jungen. Kannst du nach der restlichen Leiche schauen? Wenn man den Kopf zurücklässt, schafft man sicher nicht die restliche Leiche weg", sagte Angelos.

Frau Tsanetis erwartete ihn bereits vor der Türe. Das war eine Frau, die nichts so schnell aus der Bahn warf.

„Kalimera, Herr Bürgermeister. Ich hätte nie gedacht, dass Sie mich mal besuchen!"

„Kalimera. Und ich hätte nie gedacht, dass Sie einen Kopf vor der Türe finden. Wo ist er denn?"

„Er liegt da an der Mauer. Mit dem Tuch darüber!" Eleni Tsanetis deutete auf das Bankett oberhalb des Hauses! Möchten Sie Kaffee?"

Warum nicht, dachte Angelos.

„Gerne. Aber bitte zwei. Mein Mann sucht nach der restlichen Leiche!"

„Eine königliche Hoheit in meinem Haus? Da werden meine Freundinnen staunen!"

Angelos lachte.

„Und der Junge?"

„Machen Sie sich mal keine Sorge. Der ist robust!"

„Dann schau ich mir den Kopf mal an. Sie haben nichts Verdächtiges gehört gestern Abend oder Nacht?"

„Nein, Herr Bürgermeister. Gestern war der Wind so laut. Übrigens: Danke für die neue Wasser-leitung. Ich hatte nicht gedacht, dass ich das noch einmal erlebe", sagte Eleni Tsanetis.

„Gern geschehen. Schön, dass man mal ein ‚Danke' hört!". Und Angelos freute sich wirklich.

Er verließ das Haus und ging zur „Kopf-Deponie".
Er holte tief Luft. Puhh. Wenn sie nicht immer
Lächeln würden. Irgendwie muss es bei
Enthauptungen die Gesichtsmuskeln nach oben
ziehen, dachte er.
Angelos schaute auf die Schnittstelle.
Leicht gewellt, nicht eben. Also kein Schwert.
Aber durchgehend, also auch kein Messer.
Draht.
Da hörte er Khaled rufen.
„Hier ist die Leiche. Etwas weiter ein Motorrad!"
„Komm mal her, bitte!", rief Angelos zurück.
Irgendwas stimmte nicht mit Khaled, als er kam.
Gut, es gibt schönere Anblicke.
„Schau dir den Kopf mal an", sagte Angelos.
Khaled kniete sich hin.
„Südländer, schätze ich", sagte Angelos.
„Ich kann´s dir genau sagen. Der Mann ist oder
war Emirati. Ein Landsmann", antwortete Khaled.
Angelos schaute verdattert.
„Woran siehst du das?"
„Daran", antwortete Khaled. Er zog etwas aus der
Tasche, und zog das Tuch weg. Es war eine Waffe.
„Das, mein Schöner, ist eine Caracal, Kaliber 19
mm, 18 Schuss!"
„Nie gehört", sagte Angelos.
„Kannst du auch nicht. Sie wird in den Emiraten
hergestellt, in Abu Dhabi. Polizei und Armee sind
damit ausgerüstet. Seit ein paar Jahren wird sie
auch in Deutschland produziert, aber das hier ist
das alte Modell. Das wurde fast nicht exportiert!"

„Ein Emirati. Soldat oder Polizist. Mit Waffe auf Mykonos. Was soll das? Was wollte er mit der Waffe?", fragte Angelos.

„Ich weiß es nicht", antwortete Khaled.

Der Tote ein Emirati, mein Mann ein Emirati. Zufall? Regel 8, Kommissar: Zufälle gibt es nicht.

Aber Angelos sprach es nicht aus.

„Krankenwagen wegen der Leiche. Den Kopf packen wir in eine Schachtel", sagte er stattdessen.

11

Im Rathaus wartete bereits Gabriel Markarov. Er hatte vor zwei Wochen begonnen zu arbeiten, Teil des von Angelos verordneten Reha-Programms. Gabriel war Israeli und hatte sich bei einem Schusswechsel eine Kugel eingefangen, dummerweise am Rückgrat, und saß seitdem im Rollstuhl. Die Kugel hatte Gabriel nicht zufällig getroffen – er hatte sich in die Schussbahn geworfen, damit Angelos nicht getroffen wird.

Und so fühlte sich Angelos verpflichtet, sich um ihn zu kümmern. Gabriel wohnte bei den Herren Nikakis und Angelos ließ einen Lift einbauen. Khaled war nicht begeistert, denn sie hatten nur noch ein eingeschränktes Privatleben. Der wahre Grund: Gabriel hatte sich in Angelos verliebt. Die Liebe blieb zwar unerwidert, dennoch fühlte sich Khaled nicht wohl.

Um Khaled nicht zu belasten, hatte Angelos beschlossen, einen freigewordenen Posten im Rathaus mit Gabriel zu besetzen. Seit einer Woche hatte Gabriel eine eigene Wohnung. Ebenerdig, in Tourlos am Hafen.

Wie üblich strahlte Gabriel, als er Angelos sah. Oh je, dachte Angelos. Er braucht dringend einen Mann, aber im Rollstuhl?

„Was habt ihr denn in der Schachtel?"

„Glaub mir, du willst es nicht wissen", sagte Khaled.

„Ah. Der Richter ist schon in deinem Büro, Schöner!"

Khaled zog die Augenbraue hoch.

„Schöner?", fragte er Angelos.

„Beruhige dich, Khaled. Alle hier sagen ‚Schöner'. Maria hat damit angefangen und mich stört es nicht", sagte Angelos.

„Weil es dir gefällt. Mein eitler Ehemann…"

„Aber der ‚Schöne' ist deiner", antwortete Angelos.

Sie betraten das Büro und dort saß ein älterer Herr, der sich sichtlich freute. Richter Mantzaris.

„Angelos! Gott, bin ich froh hier zu sein. Womit hast du den Premier erpresst, damit ich meine

Stelle wiederbekomme?"

„Ich war ihm behilflich. Sagen wir es so!"
Angelos grinste breit. „Und ich denke, es war in
deinem Sinne. Sonst hättest du noch deine Frau
erschlagen!"

„Gut, das mache ich vielleicht doch noch. Aber
jetzt lerne ich endlich deinen neuen Mann
kennen. Muss ich ‚Königliche Hoheit' sagen?",
fragte Mantzaris.

„Nein, solange ich nicht ‚Hohes Gericht' sagen
muss", verkündete Khaled lächelnd.

„Dann wollen wir uns mal in die Arbeit stürzen. Wir
haben eine Leiche? Wer ist es?", fragte Mantzaris.

„Keine Ahnung", sagte Angelos.

„Vielleicht kenne ich ihn", meinte Mantzaris.

„Glaube ich nicht, aber bitte", sagte Angelos.
Er ging zum Tisch, öffnete die Schachtel und hielt
den Kopf hoch.

Es tat einen Schlag und der ehrenwerte Richter
Alexandros Mantzaris fiel ohnmächtig vom Stuhl.

„ANGELOS", sagte Khaled laut. „Der Mann ist an
die 70!"

Angelos rannte aus dem Zimmer und holte ein
feuchtes Tuch.

„Ich bin wohl zu abgebrüht. Seit dem Nagel im
Hoden …"

„… bitte erinnere mich nicht, sonst muss ich
würgen", antwortete Khaled.

12

"Angelos, du bist ein Scheißkerl", keuchte Richter Mantzaris hervor.

"Es tut mir leid. Ich war in Gedanken woanders. Du wirst es gleich verstehen", sagte Angelos.

Er half Mantzaris auf.

"Den Rest der Leiche hast du aber nicht im Schrank, oder?", knurrte Mantzaris.

"Willkommen zurück im Leben. Du bist Richter, du hast schon Leichen in der Wagenpresse gesehen", sagte Angelos.

"Die Dame sah aus wie ein Pappaufsteller", stellte Mantzaris fest. "Also bitte. Als Untersuchungsrichter muss ich wissen …"

"Ein Kopf, ein Restkörper und ein Motorrad, zwischen Kalafati und Ano Mera!"

"Verkehrsunfall? Die Strecke ist ziemlich kurvig. Es wäre nicht der erst Zweiradfahrer, der geköpft wird!"

"Ich weiß, letztes Jahr zwei Fahrer und immer waren es die Pfosten der Leitplanken. In anderen Ländern montiert man Schutzpolster, aber die passen nicht zu unseren. Egal. Nein, kein Unfall, denn dabei hätte es den Kopf abgerissen. Hier ist der Kopf aber abgetrennt worden. Gerader, leicht ausgefranster Schnitt. Ich vermute: ein Draht", sagte Angelos.

"Während der Fahrt? Wie soll das gehen?", fragte Mantzaris.

„Über die Straße gespannt. An den Strommasten waren kleine Bohrungen!"

„Ganz schöner Aufwand", bemerkte Mantzaris.

„Eben. Das sieht nach einer Botschaft aus. Einer Warnung!", sagte Angelos.

„Khaled meinte, er könnte Emirati sein. Er hatte eine Waffe dabei, die eigentlich nur in den Emiraten verwendet wird!"

„Also lauten die Fragen: Was wollte der Mann mit der Waffe? Wer war sein Ziel? Und wer hat *ihn* ermordet?", fragte Richter Mantzaris. „Sicher, dass er Emirati ist?"

„Nein, vom Ägypter bis Iraner ist alles möglich. Er hat kein Tattoo, das hilft oft bei der Identifizierung!"

„Gesichtserkennung?", warf Khaled ein.

„Ich befürchte, dass das Programm einen Fehler meldet, wenn der Hals fehlt und die Augen geschlossen sind", antwortete Angelos.

„Könnte sein. Aber wenn wir den Kopf separat aufnehmen und auf einen vergleichbaren Körper montieren, müsste es gehen. Dann entfiele das Annähen des Kopfes!", schlug Khaled vor.

„Was niemand machen würde. Der Chefarzt der Klinik ist auch von der empfindlichen Sorte", sagte Angelos.

„Danke für die Blumen", knurrte Mantzaris.

„Deine Frau hat offensichtlich dein Nervenkostüm nachhaltig beschädigt", meinte Angelos und lächelte.

„Gut. So machen wir es. Die Lider kleben wir an der Stirn fest. Würdest du den Kopf halten?", fragte Angelos.

„Im Leben nicht", antwortete der Richter.

„Khaled?"

„Kein Problem. Bei uns werden jedes Jahr zwei Dutzend Leute geköpft. Also ‚bei uns', ich meine, äh, in meiner früheren Heimat!"

„Gerade noch die Kurve gekriegt. Also los. Erst die Lider"

Khaled hielt den Kopf, Angelos klebte und der Richter würgte.

Was allerdings nicht klappte: das Fotografieren des Kopfes. Aufgestellt kippte er nach vorne. Hingelegt fiel er zur Seite.

„Saukerl", fluchte Khaled.

„Ein Haken in den Kopf und an der Decke aufhängen?", schlug er vor.

„Also bitte", protestierte Richter Mantzaris.

„Und dann noch eine Fassung und ich benutze ihn als Lampe", schlug Angelos vor.

„Leichenfledderei ist strafbar", sagte Mantzaris.

„Ermittlungsarbeit", entgegnete Angelos.

„Ich hab´s", sagte Khaled. „Ich brauche nur …, ah, das ist ja eine …"

Er packte den Kopf und stülpte ihn über eine Vase – die aber keine war.

„NICHT. Das ist eine antike Amphore, du Banause. Die ist 3.000 Jahre alt", rief Angelos.

„So? Sowas gibt´s in unseren Souks für 20 Euro. Ich bestelle dir eine neue", meinte Khaled lapidar.

„Nur, dass die hier nicht aus China kommt. Der Museumsleiter bringt mich um, wenn er die Blutspuren sieht!", sagte Angelos.

„Schmiergel ich weg!"

„Mein Prinz. Die Amphore stammt aus einer Zeit, da seid ihr noch gebückt gelaufen", knurrte Angelos.

„Dafür sind wir euch heute um Längen voraus",
behauptete Khaled.

„Hallo? Du wohnst hier. Gewöhn dich dran!"
Angelos war sauer.

„Na, mit euch hab ich noch viel Spaß", stellte
Mantzaris fröhlich fest.

„Also machen wir jetzt das Foto?", fragte Khaled.
Man machte das Foto. Leider saß der Kopf auf
der Amphore fest.

Als Khaled am Kopf zog, machte es ‚plopp' und
der Schädel kullerte vor Mantzaris´ Füße.

Und der Herr Richter übergab sich.

„So viel zum Thema Spaß mit uns zwei", meinte
Khaled.

13

Zuhause in Ornos setzte sich Khaled an den
Computer.
„Eigentlich könnte ich den Kopf auf deinen
Körper montieren. Das passt ganz gut!"

„Aha. Ich werde ausgetauscht. Geht ja schon früh
los", sagte Angelos lächelnd.

„Das würde ich nie tun. Außerdem habe ich noch
keinen Schöneren gefunden. Aber schau her.
Damit könnten wir es mit der Software probieren",
schlug Khaled vor.

„Die Blutflecken müssen noch weg. Kriegst du das hin?"

„Locker!"

Khaled nickte.

„HEX: #FAE7D0. Hautfarbe! Enter!"

„Perfekt. Der Herr sieht aus wie neu", stellte Angelos anerkennend fest.

„Dann wollen wir unseren Puzzlemann mal hochladen", sagte Khaled.

„Kannst du Europol separat laufen lassen?", fragte Angelos.

Es war mehr eine rhetorische Frage, denn die Küche, eher der Küchenbereich, war zur Hälfte die Kommandozentrale mit Monitoren und Computern.

„Das kann dauern", meinte Khaled. „Ich bräuchte vielleicht eine kleine Motivationshilfe!"

Angelos lachte.

„Der große Prinz möchte, dass ich mich um den kleinen Prinzen kümmere?"

„Der eine große Prinz möchte, dass du dich um den zweiten großen Prinzen kümmerst!"

Zwölf Minuten später saß ein entspannter Khaled vor den Monitoren. Das Suchprogramm lief noch immer.

„Ich packe derweil die Pistole für die Spusi in Athen ein", sagte Angelos, als es „Ping" machte und ein Bild stehenblieb.

„Bingo", rief Khaled.

„Irgendwie sieht der Typ auf dem Bild gesünder aus!"

„Da hatte er auch noch einen Kopf, der an einem Körper hängt!", entgegnete Angelos.

„Ahmed Kalil, 34. Der ist ja noch älter als du", sagte Khaled und bekam die erwartete Kopfnuss.

„In Zukunft ist der Alte zu klapprig, um dir einen zu blasen", knurrte Angelos.

„Dafür ist der Alte viel zu rollig", meinte Khaled grinsend. „Aber zurück zu unserem zweiteiligen Emirati. Schauen wir mal, was er auf dem Kasten hat!"

Die Liste war beeindruckend.

Haftbefehl Saudi-Arabien, Unterstützung einer terroristischen Vereinigung.

„Dazu zählt bei den Saudis auch das Befahren einer Einbahnstraße gegen die Richtung", wand Angelos ein.

Aber es ging weiter.

Haftbefehl Abu Dhabi. Unterstützung einer ..., Bombenanschlag auf das amerikanische Konsulat.

Haftbefehl Fudscheirah. Unterstützung einer ..., Mord an einem liberalen Geistlichen.

„Schau hin, Beleidigung des Emirs, 6 Monate", sagte Khaled.

„Sollte man hier auch einführen", sagte Angelos. „Also ein Hochkaräter!"

„Definitiv. Die islamistische Gruppe heißt ‚Tauhid'. Ich kenne sie. Die sind besonders bei uns gut im Geschäft. In den kleineren Emiraten gibt es einige Fundamentalisten. Abseits der Glitzerwelt von Dubai und Abu Dhabi haben sie mehr Zulauf. Und auch dort gibt es genügend Verlierer, die sich radikalisieren. Man darf sich nicht blenden lassen!"

„Du meinst, es gibt in den Emiraten Menschen, die keine Yacht und keinen Jet besitzen? Das ist kaum zu glauben", stichelte Angelos.

„Doofkopf. Aber die Tauhidis sind Tiere. Sie rekrutieren Syrien-Kämpfer und die haben jede Menschlichkeit verloren. Ich hab ein Video gesehen, in dem sie jemanden geviertteilt haben. Vier Autos. Arme und Beine an je ein Auto und dann haben sie langsam Gas gegeben. Den armen Kerl hat´s regelrecht zerrissen!"

Angelos wurde blass – ihm dämmerte langsam, dass sie in diesem Fall nicht nur Ermittler sein könnten.

„Was hast du, mein Schöner?", fragte Khaled.

„Der Mann kommt aus Fudscheirah, ist dort verurteilt worden und stirbt bewaffnet hier auf Mykonos. Wer ist der einzige Landsmann auf dieser Insel? Du!"

„Iiich?? Also … Du meinst, er wollte mich erschießen? Warum sollte er? Ich habe mit meiner Heimat nichts mehr zu tun. Ich bin seit einem Jahr weg und habe keinerlei Beziehung zu meiner Familie. Nein, das ergibt keinen Sinn, Angelos! Du siehst Gespenster!"

„Regel 8", war Angelos´ Kommentar.

Khaled verdrehte die Augen.

„Ich weiß: Zufälle gibt es nicht. Aber dann musst du mir eine logische Erklärung liefern, warum ich das Ziel sein sollte", sagte Khaled.

„Könnte sein, dass die Erklärung länger dauert und du vorher in einer Blutlache liegst. Gibt es irgendeine offene Fehde? Araber sind doch sehr nachtragend, oder?"

„Das sind sie. Und ja: es gibt Tausende, die mich hassen, obwohl ich ihnen nichts getan habe. Nur deswegen, weil ich Teil dieser Familie war. Und ich betone: WAR", antwortete Khaled.

Angelos legte den Arm um Khaled.

„Ich will dir doch keine Angst machen. Aber so ganz abwegig ist es nicht, oder?"

„Der Typ war ein Terrorist oder Killer. Vielleicht wollte er einen Amerikaner erschießen. Oder Israeli. Oder …"

„Gabriel? Der hat beim Mossad gearbeitet. Vielleicht gibt´s da eine offene Rechnung", sagte Angelos.

„Dann holen wir ihn zur Sicherheit halt her", schlug Khaled vor.

Angelos zog die Augenbraue hoch.

„Jetzt überrascht du mich!"

„Es ist ja nur für eine kurze Zeit, ODER?"

„Bis klar ist, dass er nicht das Ziel ist. Bist es du, habe ich trotz Rollstuhl jemand hier, der schießen kann", sagte Angelos.

„Jetzt entspann´ dich bitte. Außerdem gibt es ja jemand, der den Herrn geköpft hat. Vielleicht war es ein privater Racheakt!"

Angelos nickte, aber es blieb ein komisches Gefühl.

„Dann fahren wir jetzt zu Gabriel und holen ihn. Aber du musst wirklich damit einverstanden sein. Ich will keine schlechte Stimmung im Haus!"

„Solange du nicht wieder auf seinem Bett liegst und er …!"

„Stopp! Das hatten wir alles schon!", würgte Angelos die Diskussion ab.

Ein privater Racheakt an dem Motorradfahrer? Auch Terroristen haben Feinde. Khaled könnte recht haben, dachte Angelos. Hoffentlich hängen nicht wieder Politik und acht Geheimdienste mit drin.
Dennoch: mein Bauchgefühl …"
Zwei Minuten später sollte er wissen, dass sein Bauch richtig lag.
Das Handy brummte.

Es war der Palast in Fudscheirah.
Der Emir müsse dringend mit Khaled sprechen.

14

Aykut schlief schlecht. Er wälzte sich in seinem Bett hin und her, wusste aber, dass es nichts bringt. Ich muss raus und laufen. Außerdem könnte es sein, dass man ihm auf den Fersen war. Er hatte seit zwei Tagen nichts mehr von Namir gehört und seine Telefonanrufe endeten immer bei der dummen Kuh, die irgendwas von temporarily unavailable faselte.

Um viertel nach sechs hielt Aykut es nicht mehr aus und sprang aus dem Bett. Er verließ seine Pension inmitten der Chora und lief zum Parkplatz am Hafen.

Es war kühl, kein Wunder an einem Morgen im Februar. Aykut zog den Kragen der Jacke hoch, aber die Kälte war seine geringste Sorge.

Was zum Kuckuck war schiefgelaufen? Namir war ein fähiger Kollege, der nichts, aber auch gar nichts, dem Zufall überließ. Die Funkstille war absolut untypisch für ihn.

Namir war nicht am vereinbarten Treffpunkt erschienen. Auch am Ausweichort – Namir war verschwunden. Den Auftrag hatte er definitiv nicht ausgeführt, denn das Zielobjekt lief noch putzmunter durch die Stadt.

Das Königliche Arschloch.

Ich muss warten bis es hell ist. Und dann werde ich etwas machen, was man in diesem Beruf nie machen sollte. Den anderen Mann, den Kollegen, aufsuchen. Sie sollten getrennt arbeiten und keinen Kontakt aufnehmen, bis zum entscheidenden Moment.

Aber niemand hatte Aykut mit einem Plan ausgestattet für den Fall, dass Namir nicht am vorgesehenen Ort erschien. Soll ich ihn suchen oder das Ziel ausschalten? Anrufen in der Zentrale? Ging nicht, denn so etwas gab es nicht. Die „Zentrale" musste wöchentlich wechseln. Aykut saß im Auto und hatte noch immer keine Entscheidung getroffen. Er rief ein letztes Mal an. Nichts. Egal, ich fahre jetzt zu ihm, nach …

Kalo Livadi, richtig.

Wenn er da sein sollte, bekomme ich die Abreibung meines Lebens, denn Kollege Namir war jähzornig.

Nach 15 Minuten fuhr er nach Kalo Livadi hinunter und hinter dem „Solymar" rechts.

Da war die Wohnung – und das Motorrad war nicht da.

Aykut beschloss, zu warten, auch wenn er wusste, dass Namir sicher nicht Brötchen holen war.

Ich hätte Handy und Karte wechseln sollen, schon vor zwei Tagen, fiel Aykut ein. Aber wozu? Es geht ohnehin keiner ran und andere Gespräche führe ich nicht – also: was soll´s.

Er beschloss zurückzufahren.

Als er die Straße hochfuhr, sah er einen Abschleppwagen, der am Straßenrand gehalten hatte. An einer Kette hing ein Motorrad. Wie viele Motorradunfälle gibt es im Januar auf Mykonos? Wahrscheinlich höchstens einen. Aykut fuhr langsam vorbei. Äs Motorrad war rot-schwarz, aber viel war nicht mehr zu erkennen. Eines wusste Aykut aber: Der Fahrer war hundertprozentig tot.

Aykut fuhr geschockt an dem Abschleppwagen vorbei und kam auf die Gegenfahrbahn.

Was mache ich jetzt? Der Leiter der Operation ist tot. Mykonos verlassen oder bleiben?

Die Entscheidung wurde ihm abgenommen. Mit einem ohrenbetäubenden Knall zerbarst die Windschutzscheibe.

Aykut riss das Steuer nach rechts. Er wusste, dass man erst die Scheibe ins Visier nimmt, um danach freie Sicht auf den Fahrer zu haben.

Ich sitze in der …

Bevor er das Wort „Falle" denken konnte, schlug das Hohlmantelgeschoss in seinem Schädel ein. Als der Wagen über den Graben flog, hatte Aykut seine letzte Reise schon angetreten.

Yahya war zufrieden. Geduld zahlt sich immer aus. 36 Stunden hatte sich Aykuts Handysignal nicht bewegt. Offensichtlich wartete Aykut auf den geschätzten Kollegen Heaven. Es war nur eine Frage der Zeit. bis Aykut das Nest verlassen würde, um Namir, also Heaven, zu suchen. Dann war es soweit. Das Signal begann zu wandern. Bei Überschreiten des 1-km-Radius begann Yahyas Notebook zu piepsen.
Er verspürte keine Eile. Von der Chora bis nach Kalafati sind es 15 Minuten, von Kalo Livadi aus keine drei.
Pfeifend stieg er ins Auto und beschloss, dass es besser wäre, Aykut auf der Rückfahrt zu neutralisieren. Heaven würde nicht in seiner Wohnung sein und das sollte Aykut irritieren und unvorsichtig werden lassen.
Der Abschleppwagen schien zunächst eine unwillkommene Störung, doch der stand in Richtung Kalafati. Der Fahrer hatte seine Arbeit bereits beendet und saß im Führerhaus. Er würde nichts sehen, denn Yahya saß 600 Meter entfernt hinter einer Mauer.
Auftrag vollendet. Aber ich soll noch vor Ort bleiben. So lautete die Anweisung aus Riyad.

15

Mykonos, Ornos

Das Gebrüll war bis in den Garten zu hören. Der ehemalige Kronprinz, Khaled Nikakis, hatte offensichtlich wenig Respekt vor dem regierenden Emir, seinem Bruder. Zu Recht. Schon sein Vater sagte, dass Khaleds älterer Bruder Raschid ein Taugenichts sei. Gut, das sagen Väter öfters, aber in Raschids Fall traf es zu. Deswegen hatte der alte Emir auch Khaled zum Kronprinzen ernannt, obwohl er nur die Nummer zwei in der Thronfolge war. Durch Khaleds Verzicht wurde Raschid der neue Emir.

Aber offensichtlich läuft es wohl nicht so gut, dachte Angelos und ging zum Grab seines Ex-Manns Alex, das im hinteren Teil des Gartens lag. Angelos sprach oft mit Alex. Anfangs hielt ihn Khaled für verrückt, aber er begriff bald, dass es noch eine Art geistige Verbindung gab.

Es war ein Ritual, dass Angelos in schwierigen Situationen Alex´ Grab aufsuchte.

„Was für eine Familie", stöhnte Angelos.

„Deine war auch nicht viel besser", antwortete Alex.

„Aber sie sind alle tot. Kein Verlust", meinte Angelos. Es klang hart, aber es war angebracht.

Angelos´ Vater hatte ihn regelmäßig verprügelt - und sein Bruder? Als Angelos sein Coming out hatte, prügelte sein Bruder ihn fast zu Tode.

„Ich hasse sie immer noch", sagte Alex.

„Wie du jeden gehasst hast, der mir etwas Böses angetan hat. Ich, äh, bin zwar glücklich mit Khaled, aber ich liebe dich noch immer!"

„Wir waren ein gutes Team", sagte Alex.

„Wir waren ein gutes Paar. Bis uns das Schicksal dazwischen kam", entgegnete Angelos.

„Das Schicksal war wohl eher Khaled", knurrte Alex.

„Streiten wir jetzt sogar zwischen diesseits und jenseits?"

„Nein, mein Schöner. Ich wollte dir nur einen Rat geben", sagte Alex.

„Und der wäre?"

„Pass auf Khaled auf!"

„Bauchgefühl wie bei mir?", fragte Angelos.

„Plus göttliche Erleuchtung", sagte Alex.

Angelos lachte laut.

Khaled kam aus dem Haus. Mit zornigem Gesicht.

„Schlag mir bitte den Kopf ab. Mein Bruder besucht uns!"

16

Wie muss ich denn deinen Bruder anreden? Wenn du ‚Königliche Hoheit' bist, was ist dann die korrekte Anrede für einen Emir?", fragte Angelos.

„'Königliches Arschloch' genügt", knurrte Khaled.
Angelos lachte.

„Wann kommt er denn?"

„Heute Nachmittag!" Khaled verdrehte die
Augen.

Angelos´ Handy brummte.

„Tsanetis", sagte eine weibliche Stimme.

„Ah. Hat der Junge doch Probleme?", fragte
Angelos.

„Nein, Herr Bürgermeister. Dem geht´s ganz gut.
Es tut mir leid, aber heute bin es ich. Es gab wohl
einen Verkehrsunfall. Der Fahrer ist tot und …"
Die Frau zögerte.

„… auch ihm fehlt der Kopf", fügte sie hinzu.

„Gibt´s doch nicht. Wir kommen. Brauchen Sie
einen Arzt?", fragte Angelos.

„Nein. Drei Ouzo haben mir schon geholfen.
Der arme Kerl sieht furchtbar aus! Tut mir leid, dass
ich …"

„Frau Tsanetis, Sie brauchen sich nicht dauernd zu
entschuldigen. Sie machen alles richtig. Wir sind
gleich da!"

Angelos überlegte kurz, ob er besser ohne Khaled
zum Tatort fahren sollte, denn …

„Kommt nicht infrage. Ich komme mit", sagte
Khaled, der ahnte, dass Angelos ihn am liebsten
zuhause eingesperrt hätte.

„Gedankenleser?"

„Nein. Ehemann", antwortete Khaled grinsend.

17

Angelos übergab sich am Straßenrand. Der Anblick des toten Fahrers überstieg auch Angelos´ Grenzen. Zwar fehlte auch dem ersten Opfer der Kopf, doch das hier war nur noch Matsch.

„Das war alles, nur kein Verkehrsunfall", sagte Khaled, während Angelos sich langsam fing.

„Der Wagen ist durch den Aufprall am Rand des Grabens beschädigt worden – unten. Und selbst bei einem Frontalzusammenstoß zerfetzt es keinen Kopf!"

Angelos hielt sich am Wrack fest.

„Ja. Nur: bei einem Geschoss reißt es höchstens einen Teil des Kopfes weg. Das hier sieht aus, als hätte er eine Bombe als Hut getragen!"

Khaled kniete sich hin.

„Schau an", rief er und zog ein Handy aus dem Wrack. „Das ist schon mal mehr als bei Herrn Kalil! Sieht zwar lädiert aus, aber die SIM-Karte könnte es überlebt haben!"

„Was zum Teufel lässt einen Kopf so zerplatzen?", fragte Angelos.

„Hohlmantelgeschoss", lautete die lapidare Antwort Khaleds.

„Tauhidis operieren nie allein. Könnte sein, dass der Herr hier der Kollege von Ahmed Kalil war. Wenn es jemand auf die Tauhidis abgesehen hat, dann wird er nicht nur den einen töten. Der Draht, mit dem Kalil geköpft wurde, war das Werk eines

Profis. Und Hohlmantelgeschosse verschießen normale Mörder nicht – wozu auch? Das Ergebnis ist dasselbe. Außer man möchte, dass die Leiche nicht mehr viel hergibt!"

„Tja. Gesichtserkennung fällt hier aus", knurrte Angelos.

„Gesicht ja, aber ...", sagte Khaled, ging zum SUV und kam mit einem Bolzenschneider zurück.

„Äh. Den brauchen wir nicht herausschneiden. Das macht die Feuerwehr mit der Rettungs-schere", meinte Angelos.

Khaled zog einen Arm der Leiche in die Länge.

„Was zum Teufel machst du?", fragte Angelos und übergab sich noch einmal, denn:

Khaled trennte die Finger mit dem Bolzen-schneider ab und packte sie in eine Plastiktüte.

„Ein Kommissar nimmt doch Fingerabdrücke, oder?"

„Ja, aber nicht die Finger", antwortete Angelos keuchend. „Ich erkenne Seiten an dir, die mich ... Vielleicht sollte ich in Zukunft nachts die Türe abschließen!"

Khaled lächelte.

„Wir haben keine Türen. Und wenn, würde ich bei dir etwas anderes abschneiden und ausstopfen, mein Schöner!"

„Sehr beruhigend", meinte Angelos und schwankte zum Auto.

18

Fudscheirah, tags zuvor.

Viertausend Kilometer südwestlich machte ein Mann, in die traditionelle emiratische Kandura gekleidet, einen Spaziergang durch den Garten des Palastes. Sein Vater hatte eine Kopie des Innenhofes der Alhambra in Granada errichten lassen. Nichts als Schein, dachte der Mann – wie das ganze Land.
Er setzte sich neben den Springbrunnen, in dessen Schatten die Temperatur erträglich war. Es hatte knapp 30 Grad – und das Mitte Februar.
Der Mann war Raschid Al-Massawi, Emir von Fudscheirah und Khaleds Bruder.
Du bist ein Nichtsnutz, hatte sein Vater zu ihm gesagt. An jenem Tag, an dem er ihn aus der Thronfolge strich und stattdessen Khaled zum Kronprinzen ernannte.
Mein Vater hatte recht. Mich interessierten Reisen, Frauen und schnelle Autos. Das Land, der Staat, die Politik – das alles langweilte mich zu Tode. Und tut es im Grunde immer noch.
Dabei hätte ich mein Leben weiterführen können, wenn … Ja, wenn sich Khaled nicht in diesen Griechen verliebt hätte. Und dann zu meinem Schrecken sogar auf den Thron verzichtete.
Ich sitze auf einem Stuhl, auf dem ich nie sitzen wollte, dachte Raschid.
Mykonos würde mir auch gefallen. Stattdessen

muss ich Kindergärten eröffnen und lächeln – obwohl ich Kinder nicht ausstehen kann. Ich muss mir öde Vorträge über Wirtschaft und Finanzen anhören und Menschen anlächeln, die ich früher keines Blickes gewürdigt hätte.

Ich habe nichts gewonnen, sondern alles verloren. Und da ich keine eigene Familie habe, kann ich auch nicht abtreten – es gäbe keinen Thronfolger. Wenn ich wenigstens in Ruhe regieren könnte.

Raschid seufzte.

Liberale, Geistliche, die ins Mittelalter wollen und zur Krönung auch noch Kronprinz Abdullah aus Riad, der mich wöchentlich mit seinen Anrufen traktiert. Ich solle endlich Reformen durchführen, und damit Dubai und Abu Dhabi unter Druck setzen, sich in moderne Staaten zu verwandeln. Der hat leicht reden. Abdullah ließ einfach alle Gegner – die Familie, Geistliche und Konzernchefs – in ein Hotel sperren, das er hermetisch abriegeln ließ. Frei kam man nur nach Ausstellung eines hohen Schecks. Außerdem ist Abdullah kein Demokrat. Modernisierung bedeutet lediglich: kleine kosmetische Änderungen und alle Macht für Abdullah.

Das sieht bei mir etwas anders aus, dachte Raschid.

Polizei- und Geheimdienstchef waren illoyal und kochten ihr eigenes Süppchen. Der eine wird von Riad bezahlt, der andere von Teheran. Täglich wechseln die Delegationen. Es beginnt mit den „Fortschrittlichen", die Fudscheirah in eine westliche Demokratie verwandeln wollen. Lächerlich, dachte Raschid. Araber und

Demokratie? Endloses Geschrei und Chaos. Hat man ja gesehen, beim „Arabischen Frühling". Schon der Begriff war bescheuert. Hier gibt es keinen Frühling, denn hier blüht nichts. Steine und Sand blühen nicht.

Mit Wehmut dachte Emir Raschid an seine Reisen nach Europa. München oder London im Frühjahr – eine Augenweide.

Ich schweife ab. Sind die Liberalen draußen, kommt der selbsternannte „Wächterrat", der Autofahrende Frauen schon als Beginn der Christianisierung des Landes ansieht. Da die Bevölkerung Fudscheirahs noch überwiegend konservativ und mit den Traditionen eng verbunden ist, haben diese senilen Greise größeren Einfluss als in den anderen Emiraten. Zudem bekommt jeder Geld aus Teheran.

Dass die Herren es nicht beim Reden belassen, wusste Emir Raschid. Man rekrutiert Kämpfer für den Tag X, die Machtübernahme.

Und in arabischen Ländern ist es unüblich, bei einem Regierungswechsel den Vorgänger am Leben zu lassen.

Gott, ist mir das alles zuwider. Ich könnte einfach davonrennen …

Raschid seufzte.

Und wurde wütend.

Khaled hat es sich leicht gemacht: „Hallo! Ich bin schwul und habe mich verliebt. Meine neue Adresse ist Mykonos, Griechenland. Schönen Tag noch!"

Na ja, ganz so war es nicht, aber im Ergebnis hat er sich vom Acker gemacht und damit mein Leben zerstört.

Und Khaled? Er genießt das Leben – mit Yacht, Jet und Apanage. Dabei war er derjenige, der sich für Politik interessierte und noch dazu beim Volk populär war und ist. Mich haben sie nur hingenommen. Keiner würde mir hinterherweinen.

Und mit harter Hand regieren – als Quasi-Diktator – ging nicht: Polizei und Geheimdienst kochten ihr eigenes Süppchen.

Nein, dachte Raschid. Ich muss etwas ändern, bevor die Situation eskaliert. Ich werde nicht für etwas kämpfen, was ich gar nicht wollte.

Und das am besten, bevor man mich ermordet. Raschid schaute die beiden Bodyguards an und fragte sich, wem deren Loyalität galt.

Nein. Schluss. Ich muss nach Mykonos und mit Khaled sprechen. Mykonos. Wehmütig dachte er an die unbeschwerte Zeit, die er auf der griechischen Insel verbracht hatte.

Jetset. Frauen. Luxus. Kurz: mein Leben.

Am besten bleibe ich gleich auf Mykonos.

Raschid fällte eine Entscheidung: ich fliege zu Khaled und teile ihm mit, dass ich den Thron räume.

Aber: es würde nicht leicht werden. Was machen wir mit Khaleds Mann? Khaled würde sich nie von ihm trennen. Gut, dann muss der Grieche eben mit nach Fudscheirah kommen – als Landesmutter sozusagen. Raschid lachte. Den Wächterrat trifft der Schlag. Geld und Luxus sind Verlockungen, denen nur wenige widerstehen können. Vielleicht lässt sich der Grieche damit locken.

Doch darin täuschte sich Raschid gewaltig.

Angelos Nikakis waren viele Dinge wichtig, aber schnöder Mammon ließ ihn kalt.

19

Mykonos

Angelos Nikakis versuchte, Richter Mantzaris zu erreichen. In Griechenland leitet der Untersuchungsrichter die Ermittlungen. Was in vielen Gegenden zu Reibereien und Eifersüchteleien führt, funktioniert auf Mykonos problemlos. Kommissar und Richter waren befreundet.

„Alexandros. Könntest du bitte zu uns kommen?"

„Aber gerne", antwortete der Richter, der für jede Gelegenheit, seiner Frau zu entfliehen, dankbar war. Außerdem kannte er das Haus der Herren Nikakis noch nicht und war schlicht neugierig.

Auch Gabriel war inzwischen da und wartete, in seinem Rollstuhl sitzend, vor der Türe.

„Du hast doch einen Schlüssel", sagte Angelos.

„Passt schon. Ich wollte etwas Frischluft. Warum soll ich eigentlich hier sein?"

„Weil wir zwei Mordfälle haben und die Herren sicherlich keine Israelis mochten!"

Khaled schob Angelos beiseite und kniete sich vor Gabriel hin.

„Regel 1: Es werden keine von Angelos getragenen Shorts aus dem Wäschepuff gefischt. Regel 2: Beim Onanieren denkst du nicht an meinen Mann!"

„KHALED! Ist das eine angemessene Begrüßung für einen Freund?", regte sich Angelos auf.

„Weißt du, Khaled, ich brauche keine getragenen Shorts von Angelos …", begann Gabriel.

Nein, dachte Angelos. Bitte sag es jetzt nicht.

„… weil ich schon genügend habe und sie gerahmt in meinem Schlafzimmer hängen", fügte Gabriel hinzu.

Angelos atmete tief durch und Gabriel wechselte das Thema.

„Was ich nicht verstehe: Wenn die Typen tot sind, besteht doch keine Gefahr", sagte Gabriel.

„Aber wir kennen das Motiv des Mörders nicht. Und er ist definitiv ein Profi. Mir ist es lieber, du bist hier", sagte Angelos. „Außerdem brauchen wir etwas Hilfe. Zum Beispiel beim Finger-Puzzle!"

„Was bitte?"

„Wart´s ab. Wir warten noch auf Mantzaris", antwortete Angelos.

Zehn Minuten später erschien Mantzaris und bekam den Mund nicht zu, als er das bestaunte, was Angelos „den Palast" nannte.

„Gewaltiger Aufstieg von dem kleinen Haus unten", sagte Mantzaris und begriff im selben Moment, dass die Bemerkung unpassend war.

„Du solltest mich kennen. Ich wollte dieses Riesending nicht, aber Khaled hatte sich sofort in das Haus verliebt. Er ist halt ‚groß und luxuriös' gewöhnt. Und ich war mit Alex in unserem kleinen Haus nicht weniger glücklich als hier!"

„Entschuldige. Ich wollte dich nicht verletzen. Aber ich habe noch ein paar Punkte gut bei dir. Ich sage nur: Kopf", ruderte Mantzaris zurück.

„Wo ist überhaupt Khaled?"

„In der Küche. Finger sortieren", antwortete Angelos.

„Bitte nicht wieder Körperteile", knurrte Mantzaris. „Doch!"

Angelos erzählte kurz von Khaleds unorthodoxer Spurensicherung.

„Er kann doch nicht einfach …", begann Mantzaris.

„Er kann", antwortete Angelos grinsend.

Und er war schon am Werk. Säuberlich angeordnet lagen fünf Finger auf dem Esstisch, dazu das Lesegerät.

„Eine Küche als Gefechtsstand. Wahrscheinlich hat das Oberkommando in Athen weniger Technik", stichelte Mantzaris. „Also, ich koche und esse in meiner Küche!"

„Mit deiner Frau. Wärst du nicht lieber hier?", konterte Angelos lachend.

„Touché, Herr Bürgermeister!"

„Hab ich richtig gehört? Ein Profi-Killer ermordet zwei Terroristen? Wenn es nicht auf unserer Insel passiert wäre, würde ich sagen: ein interessantes Konzept, das seinen Charme hat", stellte Mantzaris fest, nachdem Angelos ihm einen groben Überblick verschafft hatte.

„Der Profi-Killer könnte selbst Terrorist sein. Dann hätten wir drei. Auch wenn zwei tot sind, läuft einer noch frei herum. Kein Gedanke, der mich ruhig schlafen lässt", antwortete Angelos.

„Terroristen ermorden ist doch eine Spezialität der Israelis", sagte Mantzaris, woraufhin Gabriel einen hochroten Kopf bekam.

„Aha. Als ob Amerikaner, Russen oder Chinesen sich an Recht und Gesetz halten würden. Aber immer stellt man uns an den Pranger. Ein kleines Land, das permanent angegriffen wird. Jeden Tag, JEDEN TAG, werden Raketen aus Gaza abgeschossen. Es ist leicht, im Sessel zu sitzen und Vorträge über rechtsstaatliches Vorgehen zu halten", stellte Gabriel fest.

„Beruhige dich. Ganz abwegig ist es nicht, oder? Du kennst die Vorgehensweise des Mossad", sagte Angelos.

„Nie im Leben ist das eine Aktion von uns, äh, ich meine …"

Der Mossad hatte seinen früheren Agenten schlicht fallen gelassen. Großzügigerweise bot man Gabriel einen Platz in einem Veteranenheim an.

„Die Tauhidis sind viel zu unbedeutend. Ein paar kleinere Aktionen in den Emiraten. Da gibt es ganz andere Kaliber, um die wir uns kümmern müssen. Kein Geheimdienst hat die akut auf dem Schirm, außer eventuell der eigene", argumentierte Gabriel.

„Klingt logisch. Aber warum sollte man sie auf Mykonos umbringen, wenn man das auch geräuschlos zuhause regeln könnte", konterte Angelos und stöhnte.

„Von wegen normaler Kriminalfall!"
Und fügte hinzu:

„Was mich am meisten beschäftigt, ist die Frage: wen wollten die Tauhidis töten oder entführen oder sonst was!"

„Bevor du jetzt zwanzig Theorien entwickelst, könnten wir vielleicht die Fingerabdrücke abgleichen. Oder besser: die Finger", sagte Khaled.

„Sag mal, Angelos. Ich dachte immer, du hast die Hosen an", sagte Mantzaris grinsend.

„Er wird zunehmend frecher. Leider kann ich kein drittes Mal heiraten, weil der Standesbeamte keine dritte Rede auf Lager hat. Also behalte ich Khaled - notgedrungen", gab Angelos zurück.

„Aha. Und wer spielt dann deinen Sklaven?", fragte Khaled.

„Ich", sagte Gabriel wie aus der Pistole geschossen.

„Das war ja klar", knurrte Khaled. „Gib mir lieber einen Finger!"

Khaled legte den Zeigefinger (oder war es der Ringfinger?) auf das Lesegerät. Es erschien ein grüner Pfeil, die Methode war also praktikabel, allerdings nur bei Toten ohne Angehörige. Nicht jeder ist begeistert, wenn dem toten Ehemann die Finger fehlen. Vor allem dann, wenn er an einem Herzinfarkt verschieden ist.

Es erschien das berühmte „Wait – Processing" auf dem Bildschirm.

„Wenn der Typ auch Emirati ist, bleibst du im Haus und du passt auf Khaled auf, wenn ich nicht da bin", sagte Angelos zu Gabriel.

„Gabriel? Der schießt mir in den Kopf und dann hat er dich endlich für sich. Da bin ich draußen sicherer", meinte Khaled.

Gabriel fror das Gesicht ein.

„War ein Witz", sagte Khaled und verdrehte die Augen.

„Irgendwie bin ich nicht ganz auf dem Laufenden. Wer schläft in diesem Haus mit wem?", fragte Mantzaris.

„Ich schlafe mit meinem Mann. Mehr passiert hier nicht", antwortete Angelos.

Was stimmte – mit Ausnahme jener 30 Minuten in der Nacht, als Gabriel aus dem Krankenhaus gekommen war – im Rollstuhl, vollkommen verzweifelt und lebensmüde. Angelos musste irgendetwas tun, was Gabriel zeigte: das Leben lohnt sich. Da Gabriel sich in Angelos verliebt hatte, lag die Lösung nahe. Und so durfte Gabriel des Kommissars bestes Stück in den Mund nehmen, als Antidepressiva sozusagen. Mehr war aber nicht, sodass Angelos immer sagte: „Wir hatten keinen Sex. Es war höchstens halber!" Aber es hatte seinen Zweck erfüllt. Gabriels Augen strahlten wie die eines Kindes an Weihnachten. Es blieb aber bei dem einen Mal.

Das Programm lief immer noch und suchte.

„Hm. Was machen wir jetzt mit den Fingern?", fragte Khaled.

„Gefriertruhe. Falls der Richter die Gegenprobe machen will", sagte Angelos.

„Will er sicher nicht", wehrte Mantzaris ab.

Khaled nahm die Tüte und ging nach draußen.

„Er wird doch nicht?", fragte Mantzaris.

„Er wird!"

Angelos hörte, wie der Deckel der Mülltonne klapperte.

Als sich Khaled an den Tisch setzte, hörte man ein „Ping".

„Das gibt´s doch nicht. Der heißt ja so wie ich. Also fast", sagte Khaled. „Zumindest haben wir ein Gesicht zu den Fingern!"

Angelos umarmte Khaled von hinten und schaute auf den Bildschirm:

„Khalid Kamali! Tja. Und natürlich ein Emirati. Ich wusste es. Zwei Terroristen, beide Emiratis. und wie viele Emiratis leben sonst noch auf Mykonos? Na? Ich kann es euch sagen: laut Melderegister: EINER. Und das ist mein Göttergatte", regte sich Angelos auf.

„Und dass dein Bruder später kommt, beruhigt mich auch nicht gerade. Zwischen euch herrscht Funkstille und jetzt macht er einen Kurztrip von knapp 6.000 Kilometern. Irgendwas ist da im Busch!"

Khaled stand auf und nahm Angelos in den Arm. „Hauptsache, du bist heute Nacht in meinem Busch. Aber schön, dass du dir Sorgen machst. Nur: du bist da, Gabriel auch – und ich kann mich auch wehren. Die sollen ruhig kommen. Allerdings wüsste ich noch immer nicht warum!"

„Ich bin mir sicher, dass dein Bruder das Rätsel löst. Wie kommt er eigentlich hierher?", fragte Angelos.

Khaled zuckte mit den Schultern.

„Mit dem Bus?", sagte Khaled mit unschuldigem Blick.

Angelos musste lachen. Die Vorstellung, dass der Emir an einer Bushaltestelle steht, hatte durchaus Charme. Bargeld hat er sicherlich nicht dabei.

20

Herr Kamalis Lebenslauf ist schon beein-
druckender. Haftbefehle von uns, den
Saudis und selbst der Amerikaner. Immer
das Gleiche: Mitgliedschaft bei den Tauhidis.
Mord an einem Schriftsteller, der sich islamkritisch
geäußert hat. Tatort: Fudscheirah. Ah, ich erinnere
mich. Das war …Ali Makbout. Bei jedem neuen
Buch hat der Wächterrat geschäumt!"
„Wächterrat?", fragte Angelos.
„Ja. Eine Versammlung von Geriatrie-Kunden, die
ihre eigenen Geschlechtsteile nur mit Hand-
schuhen anfassen. Sie wollen das Land zurück ins
Mittelalter führen", antwortete Khaled.
„Was heißt hier zurück?", fragte Angelos grinsend.
„Doofkopf. Es gibt auch andere, die sich am
saudischen Kronprinzen orientieren."
„Das ist doch der freundliche Herr, der unliebsame
Journalisten in Einzelteile verpacken lässt", meinte
Angelos.
„Ja. Ich kam immer gut mit ihm zurecht. Und man
darf nicht vergessen: wenn unsere Geistlichen im
Mittelalter leben, dann befinden sich seine geistig
noch in der Steinzeit. Mutig ist er, aber unter
Garantie kein Demokrat!"
„Wir sollten uns noch die SIM-Karte anschauen",
sagte Angelos und griff nach dem Handy.
„Komisch", fügte er hinzu.
„Wieso?", fragte Khaled.

„Mach erstmal", antwortete Angelos.

Khaled steckte das nächste Lesegerät in den USB 3.0-Anschluss.

„Eine Karte aus den Emiraten. Nicht überraschend!"

„Findest du? Wäre ich Terrorist, würde ich keine Karte verwenden, die auf meine Identität hinweist, oder?", argumentierte Angelos. „Eine libanesische oder türkische!"

„Und was ich vorhin meinte: das Handy sieht ziemlich neu aus. Man sollte meinen, bei einem schweren Unfall wird auch ein Handy beschädigt, zumindest eine Schramme müsste es haben!"

Er reichte Mantzaris das Mobiltelefon.

„Außerdem würde ich als Täter das Handy mitnehmen. Am Tatort war kein Mensch!"

„Du meinst er hat unter den Kurzwahltasten ‚Terrorist 3-5' gespeichert?", widersprach Khaled grinsend.

„Nein, du Dussel. Schon mal an die Möglichkeit gedacht, dass das Handy erst hinterher im Auto platziert wurde?", fragte Angelos. „Für den Fall, dass wir das Opfer nicht identifizieren können? Der Täter konnte ja nicht ahnen, dass wir das Mordopfer in Einzelteile zerschneiden", sagte Angelos.

„Du übertreibst. Es war eine ermittlungstechnische Notwendigkeit", antwortete Khaled.

„Wann sind die Fastenfeuer heuer?", fragte Richter Mantzaris.

„Am Freitag", antwortete Angelos.

Mit den Fastenfeuern wird die Fastenzeit eingeläutet. Ursprünglich fanden sie immer an

Rosenmontag statt. Doch durch Trockenheit kam es in den letzten Jahren immer wieder zu Bränden, vor allem dann, wenn die Feuer durch den Meltemi zusätzlich angefacht wurden. Also beschlossen die Bürgermeister der Kykladen, die Fastenfeuer rotieren zu lassen. Für Mykonos war der Samstag vorgesehen, auch wenn der nach dem eigentlichen Datum lag. Nur so konnten genügend Feuerwehrkräfte bereitstehen. Die orthodoxe Kirche hatte vehement protestiert, aber Angelos hatte dem Bischoff erklärt, dass bei einem Großbrand auch viele der 220 Kapellen der Insel zerstört würden. „Und rauchende Kirchenruinen bringen keine gute Presse", fügte Angelos damals hinzu.

„Willst du die Feuer absagen? Oder beschränke sie doch auf eines. Nur das am Leuchtturm zum Beispiel", schlug Mantzaris vor.
„Das geht nicht. Jedes Dorf will sein eigenes. Sonst geht wieder das Gestänker der Dörfer gegen die Stadt los. Außerdem sehe ich keinen Zusammenhang. Ich hoffe, ich habe recht", sagte Angelos. Dennoch war ihm nicht wohl.
Er seufzte.
Hoffentlich brächte Raschids Besuch etwas mehr Klarheit, was hier im Gange war.
Von wegen Mykonos schläft im Februar.

21

Riad

Der angesprochene Nicht-Demokrat drückte das Gespräch weg. Yahya hatte ganze Arbeit geleistet. Nichts anderes hatte Prinz Abdullah erwartet. Yahya hatte erwartet, abgezogen zu werden, nachdem er seinen Auftrag erfüllt und die beiden Tauhidis neutralisiert hatte. Doch der neue Befehl hieß, vorläufig vor Ort zu bleiben. Yahya sollte – wenn auch nicht sichtbar – das Zielobjekt im Auge zu behalten und dafür zu sorgen, dass nicht noch ein dritter, bisher unentdeckter Tauhidi auf Mykonos auftaucht. Zwei Stunden vorher hatte der Emir von Dubai angerufen und Abdullah ermahnt, es mit den Reformen nicht zu übertreiben. Er sehe große Gefahren. Und überhaupt brauche es in den Emiraten keine Reformen. Man sei gesellschaftlich und wirtschaftlich den Saudis weit voraus. Die Litanei gipfelte in der Bemerkung, alle Emiratis seien glücklich.

Träum weiter, dachte Abdullah. Ihm schwebte ein chinesisches Modell vor. Eine freie Wirtschaft, die durch keine religiösen Fesseln behindert wird. Wachsender Wohlstand sorgt dann dafür, dass man das Wort „Demokratie" bald vergessen wird. Und das alles unter meiner mal gütigen, mal harten Führung.

Das Schlimmste was passieren konnte, war, dass

die Geistlichen ihren Einfluss weiter ausdehnen könnten. Deswegen mussten sie ein für alle Mal zum Schweigen gebracht werden, besonders in den Emiraten. Daher war es nötig, dass ein Emir radikale Reformen umsetzt, die dann über- schwappen würden.

Aber dafür war Raschid der falsche Mann. Keinerlei Ambitionen und vollkommen unbedarft in Sachen Politik.

Er muss weg, dachte Prinz Abdullah.

Nur über den Weg war sich Abdullah noch nicht im Klaren.

Sein Handy brummte. Er hörte zunächst nur zu.

„Überwachen und Abhören", lautete die Anweisung.

Raschid war auf dem Weg nach Mykonos. Interessant. Will er Khaled überreden, seinen Posten zu übernehmen? Nein, das würde Khaled nicht tun. Warum sollte er auch? Er war verliebt und glücklich. Abdullah aber hatte einen Plan, als dessen Folge Khaled eher geneigt sein würde, das Amt zu übernehmen.

Der Plan konnte nur gelingen, wenn …

… wenn Raschid sterben würde.

Abdullah griff zum Handy.

„Yahya. Planänderung. Was für Equipment hast du dabei?"

22

Raschid war eine Kopie von Khaled. Fast. Der einzige Unterschied bestand darin, dass der Emir verlebter aussah. Sein früherer Lebensstil hatte Spuren hinterlassen. Und höchstwahrscheinlich auch die Sorgen eines regierenden Politikers. Was Angelos überraschte: Raschid schien unkompliziert zu sein.

„Hallo, ich bin Raschid. Sie müssen Angelos sein. Schön, Sie kennenzulernen. Die ‚Königliche Hoheit' lassen wir mal weg. Wo ist denn mein übellauniges Brüderlein?"

Angelos lachte.

„Willkommen in unserer Palast-Kopie. Khaled ist in der Küche", sagte er.

Khaled brummte etwas Unverständliches.

„Freundlich wie immer", sagte Raschid.

„Espresso?", fragte Angelos, um die Stille zu überbrücken.

„Guten Flug gehabt?", knurrte Khaled.

„Ja. Und ich habe gelernt, dass man für ein Taxi bezahlen muss. Gott sei Dank hatte der Pilot etwas Papier dabei", sagte Raschid.

„Wir hätten dich auch abholen können. Aber ich wusste nicht, wann du kommst", meinte Angelos.

„Ich habe doch Khaled eine SMS geschrieben", sagte Raschid.

„Khaled, also wirklich!", schimpfte Angelos.

„Etwas normales Leben schadet doch nicht", knurrte Khaled.

„Hör zu, Bruder. Du solltest mir dankbar sein. Du kannst deinen Traum leben. Ich musste auf alles verzichten, was mir wichtig war", sagte Raschid.

„Geld, Frauen, Autos", hielt Khaled dagegen.

„Also das hier sieht auch nicht gerade nach bürgerlichem Wohnhaus aus. Deinen Jet hast du auch noch, wie ich gesehen habe", sagte Raschid.

Angelos musste lachen.

„Entschuldige, Khaled, aber da hat er einen Punkt! Jetzt komm, ihr seid Brüder!"

„Aha. Und wie hast du dich mit deinem Bruder verstanden? Meines Wissens habt ihr auch nicht miteinander gesprochen!"

„Stimmt. Aber mein Bruder hat mich halb totge-schlagen, als ich ihm erzählte, dass ich schwul bin. Raschid hat vielleicht falsch reagiert, aber er ist hier, um das aus dem Weg zu räumen. Aber es ist eure Angelegenheit", entgegnete Angelos.

„Du glaubst, das sei der Grund für seinen Besuch? Nach einem halben Jahr? Sei nicht naiv, Angelos!"

„Bist du glücklich, Khaled?", fragte Raschid.

„Ja, sehr", musste Khaled zugeben.

„Dann freue ich mich für dich. Aufrichtig. Ich wollte, ich wäre es auch!"

Bisher macht er einen passablen Eindruck, dachte Angelos, wobei ich die Vorgeschichte natürlich nicht kenne. Motto: Am besten zurückhalten.

„Es tut mir leid, dass ich euch nicht zur Hochzeit gratulieren konnte. Ich stand gewaltig unter Druck. Man wusste, dass du schwul bist und dass du heiratest. Meine tollen Berater hatten mir nahegelegt, nicht zu reagieren. Der saudoofe Wächterrat hätte mich in Stücke gerissen. Diese Idioten aus dem Mittelalter würden dich mit Vergnügen steinigen lassen. Die Worte ‚Schwul' oder auch nur ‚Sex' existieren für die nicht. Von mir aus kannst du sein, wie du willst. Herrgott, ich bin mein ganzes Leben davor von einer Party zur nächsten gezogen. Und jedes Mal war ein Drittel der Jungs schwul!"

„Und die anderen zwei Drittel hast du dann bestiegen", meinte Khaled trocken.

Nun musste auch Raschid lachen. Das Eis war gebrochen.

„Sag mal, Raschid. Würden dieser Wächterrat Khaled auch ermorden lassen?", fragte Angelos.

„Wie kommst du darauf?"

„Zwei tote Tauhidis innerhalb von zwei Tagen. Ermordet von jemand, der anscheinend andere Pläne hat!"

„HIER??", fragte Raschid, sichtlich überrascht und erschrocken.

Aber Khaled winkte ab.

„Eine vage Theorie meines Mannes. Allerdings kann er mir bisher nicht sagen, warum man mich töten sollte", sagte Khaled.

Raschid raufte sich die Haare. Schlecht sieht er nicht aus, dachte Angelos.

Raschid holte tief Luft.

„Ich habe enorme Probleme, die – wäre alles normal verlaufen – deine Probleme gewesen wären. Ich fände es schön, wenn du dich wenigstens dafür interessieren würdest. Du hast dein persönliches Glück über alles gestellt – ich konnte es nicht. Mir blieb keine Wahl, denn du weißt, dass wir die letzten Al-Massawis sind, und kein anderer Thronfolger bereitsteht, außer ich werde doch noch Vater!"

Khaled lachte laut.

„Du bist bereits Vater, und zwar quer durch Europa!"

Raschid grinste.

„Offiziell weiß ich davon nichts. Außerdem wären die Kinder nicht thronberechtigt!"

„Weißt du, dich haben die Menschen geliebt und respektiert. Wenn du einen Kindergarten eingeweiht hast, standen die Kinder stramm und die Augen haben geleuchtet. Bei mir stehen sie kaum still. Gott, wie ich Kinder hasse", fuhr Raschid fort.

Angelos lachte.

„Da können wir uns die Hand geben. Ich bin zwar nur Bürgermeister aber die Schulkonzerte vor Weihnachten und Ostern ertrage ich nur mit zwei Tabletten Tilidin. Dann lächelt man zwei Stunden durch!"

„Ich bräuchte mindestens fünf pro Tag", knurrte Raschid. „Jedenfalls ist meine größte Sorge, dass die Balance zwischen Reformern und Traditionalisten kippt. Unser Vater hat das einfach gelöst: Alle in die Gefängnisse in den Bergen. Basta. Nur: das funktioniert heutzutage nicht mehr.

Selbst aus den Zellen heraus können Organisationen gesteuert werden. Bei der letzten Razzia wurden 345 Handys beschlagnahmt. Kaum waren die weg, kamen neue. Und dann gibt es ja noch Kronprinz Abdullah, unseren ‚Freund' in Riad. Er drängt auf Reformen, die aber letztlich nur einem dienen werden: ihm. Die Botschaft lautet: ich habe keine Lust, von irgendeinem Irren, gleich welcher Richtung, erschossen zu werden!"

Angelos gefror das Lächeln. Er ahnte, auf was das Ganze hinauslief.

„Ich werde zurücktreten", sagte Raschid.

Es herrschte Stille im Haus Nikakis.

„Und ich würde dich bitten, das Amt zu übernehmen. Ansonsten gibt es keinen Emir mehr und alles bricht zusammen. Wir wären kein Emirat mehr und müssten die VAE verlassen. Von einem Bürgerkrieg ganz zu schweigen!"

Khaled lachte laut.

„Niemals!"

„Hör doch erst zu. Du könntest Angelos mitnehmen. Solange ihr nicht auf Al-Jazeera herumknutscht … Dem Volk ist es, denke ich, egal. Und den Wächterrat bekommst du eher in den Griff als ich!"

„Du bist vollkommen verrückt. Angelos ist hier Bürgermeister und kann nicht einfach so woanders hin. Er hat auch seine Verpflichtungen. Und dann zu mir. Ich denke nicht daran, mein Leben hier aufzugeben. Ich habe Monate gewartet, bis Angelos sich für mich entschieden hat. Das war der Traum meines Lebens – und den macht mir niemand kaputt!"

„Ich verstehe deine Reaktion. Aber bitte bespreche es in Ruhe mit Angelos. Vielleicht denkst du dann auch an dein Land. An die Dynastie, die erlöschen würde. An die Toten, die ein Bürgerkrieg fordern könnte. Man kann sich nicht nur auf sich und seinen Partner fokussieren.

Du bist Teil der Welt. Alles geht dich etwas an! Wir haben alle Verantwortung", sagte Raschid.

Angelos lächelte.

Gute Rede. Wie ein Politiker.

Doch Khaled schüttelte den Kopf, stand auf und umarmte Angelos. Und sagte:

„Du bist meine Sonne und mein Mond. Mein Tag und meine Nacht. Meine Oase, mein Frieden. Und meine einzige Liebe!"

Angelos´ Augen wurden wässrig.

„Mein Bruder verwendet Lyrik als Waffe. Aber das weißt du wohl schon", sagte Raschid und grinste.

„Klar. Aber es gefällt mir", stellte Angelos fest.

„Und er meint es auch so, mein arabischer Wortkünstler!"

„Ich werde mein Glück nicht aufgeben. Schau ihn dir doch an", sagte Khaled. „Dabei siehst du das Beste gar nicht. Er hat einen wunderschönen Schwanz!"

„Auf dieses Detail hätte ich jetzt verzichten können", knurrte Raschid.

„Ich auch", fügte Angelos hinzu.

„Ich verlange keine Entscheidung heute. Bitte besprecht es. Ich war fair zu dir, Khaled. Als ich dir den Jet und die Yacht überlassen habe, ist der Wächterrat im Viereck gesprungen. Aber ich habe mich durchgesetzt, eines der wenigen Male. Vom Geld wissen sie nichts. Dann sei bitte so fair und denke darüber nach!", sagte Raschid.

Bevor Khaled sein kategorisches „Nein" erneut von sich geben konnte, sagte Angelos:

„Raschid, lass uns Zeit, das Ganze unter uns zu besprechen. In einer Ehe entscheidet man alles gemeinsam!"

Der Seitenhieb auf Khaled war gewollt. Auch wenn Angelos sicher nicht nach Fudscheirah wollte, wäre es richtig gewesen, wenn Khaled gesagt hätte: Raschid, dies besprechen und entscheiden Angelos und ich gemeinsam!"

Damit der Streit ein vorläufiges Ende finden würde, schlug Angelos vor:

„Ich hoffe, du hast die Zeit für ein Abendessen mit uns. Dein Emirat kommt schon ein paar Stunden alleine zurecht!"

„Gerne. Und wir vermeiden das Thema, bis ihr es ausdiskutiert habt", sagte Raschid.

„Khaled. Du schmeißt den Kamin und Grill an", ordnete Angelos an und tatsächlich trollte sich Khaled nach draußen.

„In der Ecke ist es windstill", sagte Angelos zu Raschid.

„Wie hast du es geschafft, diesen Dickkopf so zu erziehen?", fragte Raschid.

„Die Kraft der Liebe", antwortete Angelos.

23

Gegen 22.00 Uhr verließ Raschid das Haus. Beim Essen vermieden alle das Thema „Nachfolge". Raschid erzählt die eine oder andere Anekdote aus ihren Kindheitstagen. Angelos lachte, Khaled knurrte – die Stimmung war heiter.

Als Angelos und Khaled alleine waren und am Kaminfeuer saßen – Khaled mittlerweile mit Daunenjacke -, durchbrach Angelos als Erster die Stille.

„Also ich fand Raschid ist für einen Emir nett, natürlich und witzig. Natürlich waren das nur ein paar Stunden, also ist das nur eine Momentaufnahme", gab Angelos zu.

„Du bist auch Emir", sagte Khaled grinsend.

„Aber das ist nur ein Spitzname und nicht immer nett gemeint", gab Angelos zurück.

„Um es klarzustellen: ich werde nicht zurückgehen. Basta!"

„Gut", lautete Angelos´ knappe Antwort.

Khaled schaute fragend.

„Warum dann vorhin der Einwand, wir müssten das gemeinsam besprechen?", fragte Khaled.

„Weil man in einer Ehe das gemeinsam bespricht. Ich habe bei dem Angebot, Bürgermeister zu werden, weder zu- noch abgesagt, sondern es erst mit Alex besprochen. Und nach seiner Zustimmung habe ich kandidiert!"

„Aber du bist doch auch dagegen, oder habe

ich das falsch verstanden?", fragte Khaled irritiert.
„Nein. Diskutieren heißt ja nicht, dass das Ganze Stunden dauert. Manche Entscheidungen kann man in einer Minute treffen. Letzteres gilt für diese Angelegenheit!"
Khaled war erleichtert.
„Gott, ich dachte schon, du ziehst das in Erwägung!"
„Bin ich verrückt? Wir haben ein schönes Leben. Was zum Teufel sollten wir in Fudscheirah? Ich müsste mich dauernd verstecken und vor allem müsste ich mir ständig Sorgen um dich machen. Ich habe einen Ehemann verloren, auf meinen zweiten muss ich besser aufpassen", sagte Angelos. „Aber ich wollte keinen Eklat, sonst ist das Tischtuch zwischen dir und Raschid wieder zerschnitten!"
„Aber genau das wird passieren", argumentierte Khaled.
„Könnte sein. Aber es passiert nicht hier in unserem friedlichen, äh, Haus!"
„Es ist nur ein etwas größeres Haus", sagte Khaled trotzig.
Angelos lachte.
„Außerdem möchte ich den Spruch mit Sonne und Mond, du weißt schon, öfters hören!"
„Raschid täuscht sich. Es war jedes Wort ernst gemeint. Ich hoffe, du weißt das", sagte Khaled.
Angelos nickte.
„Ich liebe dich auch jeden Tag mehr, falls dich das beruhigt", gab Angelos zu.
Khaled setzte sein breitestes Lächeln auf.
„Du bist also zufrieden mit mir?"

„Sehr! Und du?"
Khaled nickte.
„Genauso habe ich es mir gewünscht. Ich lebe
meinen Traum!"

Der Traum sollte in große Gefahr geraten. Nur eine
Minute später hörte man einen Knall. Nicht in
direkter Nähe des Hauses, aber es war klar: das
war kein Luftballon!"

24

A ngelos sprang auf.
„Khaled! Nimm deine Glock mit!"
Als sie aus dem Haus rannten, brummte
schon das Handy. Aber sie konnten die
Bescherung schon mit bloßem Auge erkennen.
Südlich des Flughafens brannte es.
„Ruf bitte den Flughafen an, ob es Raschids
Maschine ist und ob die Feuerwehr schon
unterwegs ist", schrie Angelos gegen die Sirene
und den Motorenlärm an.
Als Khaled das Gespräch beendet hatte, sagte er
nichts. Da wusste Angelos, dass es Raschid war.
Mit einer vollbetankten, kleinen Maschine

abzustürzen, bedeutend: man ist chancenlos.
Die Feuerwehr war wohl schon da, denn der
Nachthimmel flackerte blau.

Vor dem Flughafen gabelt sich die Straße. Links
zum Airport Mykonos, rechts – laut Schild – nach
„Paradise". Makaber, dachte Angelos.

Er sah nach rechts zu Khaled. Erstarrt, aber es
liefen ihm Tränen über die Wangen. Gott sei Dank
haben sie sich noch vorher ausgesprochen, wenn
auch zunächst ruppig. Im Verlauf des Abends
aber lachten Khaled und Raschid zusammen.

„Hoffentlich ist er nicht verbrannt", sagte Khaled
unter Tränen.

„Du kannst sitzenbleiben und ich schaue nach
Raschid. Schaut er schlimm aus, solltest du nicht
…", begann Angelos.

„Nein. Wäre es ein anderes Flugzeug, müsste ich
auch mit dir hin. Keine Extrawurst nur, weil er mein
Bruder is .., war", sagte Khaled.

Sie waren da.

Ein rauchender Schrotthaufen, der nur noch
vereinzelt brannte. Kerosin brennt schnell, aber
nicht langanhaltend. Es war mehr der Qualm, der
die Sicht beeinträchtigte. Natürlich war die Nacht
auch keine große Hilfe.

„Lichtgiraffe?", schrie Angelos in Nikos´ Richtung.
Nikos war der Feuerwehrkommandant und daher
immer der erste vor Ort.

„Schon unterwegs, Angelos!"

„Wir haben mehrere Strahler. Wir müssen nach
den Insassen schauen. Es müssten drei sein",
schrie Angelos gegen den Lärm der eintreffenden
Feuerwehrwagen an.

Nikos schüttelte den Kopf.

„Alle drei tot. Die Piloten sind im Cockpit gestorben und der Dritte wurde herausgeschleudert und von einem Triebwerk erschlagen", sagte Nikos – und Khaled hörte es. Er übergab sich neben dem Auto.

„Es ist sein Bruder", sagte Angelos zu Nikos.

„Heilige Scheiße. Mein Beileid. Er sollte ihn nicht sehen. Der Kopf ist von dem Triebwerk zerdrückt worden. Der Rest verbrannt, durch Treibstoff, der aus dem Triebwerk ausgelaufen ist. Na ja, gepaart mit dem vertrockneten Gestrüpp war das wie eine Durchzündung, ein Blast!"

„Danke, Nikos. Wir müssen …"

„… ablöschen, Leichen abtransportieren. Die Lichtgiraffe über Nacht stehenlassen, den Bereich großräumig absperren und bewachen", ergänzte Nikos.

„Gott sei Dank habe ich dich", sagte Angelos.

„Es ist nicht mein erster Absturz – leider!", entgegnete Nikos. „Aber im Gegensatz zum letzten haben wir neue Feuerwehr-Fahrzeuge und eine neue Giraffe. Dass sie bei deinem Schwager zum Einsatz kommen, tut mir leid. Du solltest zu deinem Mann gehen. Ich kümmere mich um alles. Die Herren von der Flugsicherung, Gulfstream und so weiter, werden nicht vor morgen Mittag da sein! Ich rufe dich an!"

Angelos klopfte Nikos auf die Schulter.

Auf dem Weg zum Auto drehte sich Angelos noch einmal um und fragte:

„Ich bin ein sauberer Kommissar. Hat der Tower etwas gesehen?"

Nikos nickte.

„Sie glauben, es war eine Rakete! Auf den Kameras am Ende der Rollbahn müsste man etwas sehen, sagte Giorgios. Die Aufnahmen …"

„… haben wir in unserer Medienküche. Danke, Nikos. Fehlt euch etwas?"

„Neue Schläuche, aber das besprechen wir ein anderes Mal. Noch eine blöde Frage: Flaggen auf halbmast? Ich würde alle abtelefonieren!"

„Bitte", sagte Angelos.

Ohne Feuerwehr geht in keiner Gemeinde etwas und Angelos hatte den Fuhrpark aus den Fünfzigern an einen Sammler in Minnesota verkauft und neue Fahrzeuge angeschafft. Die Feuerwehr war Angelos´ Freund. Und zwar alle.

Er ging zurück zum Wagen. Khaled lehnte noch an der Türe.

„Steig ein. Wir fahren nach Hause!"

„Nein. Ich muss mich von ihm verabschieden", widersprach Khaled.

„Es gibt nichts mehr zum Verabschieden. Du wirst ihn nicht mehr sehen. Das Flugzeug wurde abgeschossen und das heißt: du machst keinen Schritt mehr ohne mich. Der dritte ermordete Emirati in vier Tagen. Ich gehe kein Risiko ein. Ich werde nicht noch einen Ehemann verlieren, weil ich nicht aufpasse. Steig jetzt ein, du arabischer Dickkopf!"

Und Khaled gehorchte. Zuhause lief er wie ferngesteuert zum Hauseingang.

Gabriel saß in der Küche. Er hatte in seinem vorübergehenden Domizil im Keller gehört, wie

Angelos und Khaled aus dem Haus gestürmt
waren.

„Was ist passiert?", fragte er.

„Raschids Flugzeug ist abgestürzt", antwortete
Angelos knapp.

Khaled fuhr mit dem Aufzug nach oben.

„Er benutzt nie den Aufzug", bemerkte Gabriel.

„Stimmt. Er ist vollkommen neben der Spur!"

„Ich dachte, er hasst seinen Bruder?"

„Es war wohl eher Hassliebe. Außerdem hat er
vorher schon seine Schwester verloren. Und beide
sind hier auf Mykonos gestorben. Jetzt ist er der
einzige Thronerbe", sagte Angelos.

„Was er nie tun wird, oder?", fragte Gabriel.

Angelos schüttelte den Kopf.

„Nein. Er liebt sein jetziges Leben"

„Er liebt DICH", korrigierte Gabriel.

„Ja. Und ich ihn. Hör zu: das ist jetzt der dritte
Emirati, der hier ermordet wurde!"

„Wieso ermordet?", fragte Gabriel.

„Der Tower sagt, es könnte eine Rakete gewesen
sein. Könntest du die Kameras checken? Müssten
die Nummern 104 bis 106 sein, wenn ich richtig
liege. Außerdem wäre es mir lieb, wenn du deine
Waffe immer dabeihättest. Ich habe Angst um
Khaled. Der Rollstuhl heißt hoffentlich nicht, dass
du nicht mehr schießen kannst!"

„Ich schieße dir auch heute noch ´nen Apfel vom
Kopf auf hundert Meter!"

„Gut. Ich muss hoch und mich um Khaled
kümmern", sagte Angelos.

Khaled lag starr auf dem Bett.

Angelos legte sich zu ihm.

„Reden oder Löffelchen?", fragte Angelos.

„Löffelchen", sagte Khaled leise.

„Und ich bleibe auf jeden Fall hier!"

„Du bist mein Mann. Wo solltest du hin? Außerdem findest du keinen Schöneren als mich", sagte Angelos.

Und Khaled lachte kurz auf.

25

Mykonos, Ornos

Der nächste Tag sollte der reinste Horror werden.

Das wusste Angelos schon am Abend vorher.

Die Herren von der Flugsicherungsbehörde würden kommen. Und die Medien würden ihnen die Bude einrennen. Immerhin war Khaled nun offiziell Emir von Fudscheirah. Die Tatsache, dass Khaled mit einem Mann verheiratet war, machte die Angelegenheit noch spannender.

Es war ein Irrtum zu glauben, dass sie den Rest ihres Lebens in Frieden würden leben können.

Angelos war froh, dass Gabriel im Hause war. Er wimmelte souverän jede Anfrage ab.

„Ich habe Nikos von der Feuerwehr gebeten, die Zufahrt zu sperren und zwei Mann abzustellen!" Gabriel hatte seit seinem Arbeitsantritt im Rathaus fast alle auf der Insel wichtigen Personen kennengelernt. Da er gut Griechisch sprach, war er schnell akzeptiert. Probleme hatte er nur mit dem „elenden Gepflastere" der Straßen und Gassen. „Tja, ich kann kein historisches Stadtzentrum asphaltieren lassen", entgegnete Angelos immer.

„Wie geht es Khaled?"

„Er schläft noch, was wohl das Beste ist. Irgendwann werden wir uns äußern müssen. Ich weiß nur nicht, was wir sagen sollen", antwortete Angelos.

„Konzentriere dich auf den Absturz, dass interessiert die Hyänen am meisten, zumindest im Moment. Sag, Khaled ist in tiefer Trauer und wird sich in den nächsten drei Tagen nicht weiter äußern. Die Flaggen hängen auf Halbmast aus Respekt bla, bla … Soll ich was aufsetzen?", fragte Gabriel.

„Oh ja, bitte. Ich, äh, bin sehr froh, dass du hier bist!"

„Ich bin immer für dich da. Oder besser: für euch", sagte Gabriel. „Du hast mir sehr geholfen in den letzten Monaten! Obwohl du dadurch gewaltigen Ärger mit Khaled hattest!"

„Hast du auf den Kamerabildern schon etwas entdeckt?", fragte Angelos, denn in spätestens zwei Stunden musste er mit den Ermittlern sprechen. Dass er sich eigentlich um seinen trauernden Mann kümmern müsste, interessiert die Herren wenig.

„Es war definitiv eine Boden-Luft-Rakete, kleineres Modell. Die Geschwindigkeit lag unter Mach 2, also wahrscheinlich eine Stinger. Abschussort ein Hügel etwa 600 Meter südlich des Startbahn-endes. Die 104 hat es ganz gut erfasst. Mehr als den Schweif sieht man nicht. Sie hatten keine Chance!"

„Halten bisher alle dicht?", fragte Angelos.

„Bisher ja. Die Bilder haben nur wir und dem Tower habe ich verboten, irgendetwas zu sagen. Natürlich in deinem Namen", sagte Gabriel.

„Also werde ich zur Ursache noch nichts sagen: wir ermitteln in alle Richtungen, ein schnelles Ergebnis ist wegen der Zerstörung nicht zu erwarten!"

Angelos lächelte und klopfte Gabriel auf die Schulter.

„Guter Mann! Aber bei einem muss ich wohl ans Telefon!"

„Migiakis?", fragte Gabriel.

Der Premierminister, mittlerweile eng befreundet mit den Herren Nikakis.

Angelos nickte.

„Ich rufe dich, wenn er in der Leitung ist. Soll ich ein paar Eier für Khaled machen?"

„Danke. Mache ich selbst", sagte Khaled, der plötzlich in der Küche stand.

„Alles halbwegs in Ordnung, mein Prinz?", fragte Angelos.

„Muss ja. Ich kann nicht euch Dinge machen lassen, die meine Aufgabe sind!"

„Kannst du schon. Dafür bin ich dein Mann. Und Gabriel dein Freund", sagte Angelos.

Khaled umarmte Angelos und drückte fest zu. „Nichts wird sich ändern. Ich bleibe hier. Basta. Und was ist zu erledigen?", fragte Khaled.

Aha. Trauerbewältigung durch Arbeit. Kenne ich, dachte Angelos. Flashback verschoben auf später.

„Flugermittler. Gabriel macht eine Pressemeldung. Der Leichnam liegt in der Hygeia-Klinik. Aber du fliegst ihn nicht nach Hause. Nicht, solange hier auf der Insel jemand mit Raketen spielt!"

„Das hatte ich auch nicht vor. Meine Familie bist du. Sollen die da unten machen, was sie wollen. Ein Las Vegas wie Dubai? Bitte gern. Ein islamistischer Mullahstaat? Auch recht. Ich bin Kronprinz im Palast Nikakis. Reicht mir!"

Angelos und Gabriel lachten.

Bester Stimmung war auch jemand anders. 3500 Kilometer entfernt.

26

Riad

Gut gemacht, Yahya. Dein Bankkonto zeigt dir meine übergroße Dankbarkeit", sagte Prinz Abdullah.

In seinem Zigarrenaschenbecher lag eine rauchende Cohiba Siglo V. Es war ein Ritual. Nach jedem Sieg gönnte sich der saudische Kronprinz eine kubanische Zigarre. Das einzige Vergnügen in dieser wohl freudlosesten Stadt der Welt.

„Nein, Yahya. Ich verstehe, dass du am liebsten verschwinden würdest, allein: es geht nicht. Es könnte sein, dass du noch eine Mission vor Ort erledigen musst. Nein, nicht den Kronprinzen. Auf den sind wahrscheinlich 200 Kameras gerichtet. Du wartest vor Ort auf weitere Befehle. Morgen treffen noch zwei deiner Kollegen ein. Sie werden dich einweisen, aber du übernimmst die Leitung. Allah wird dir beistehen!"

Abdullah drückte die rote Taste.

Hervorragend. Endlich war diese Nulpe Raschid Geschichte. Und sein Nachfolger würde Khaled Nikakis heißen. Natürlich müsste das „Nikakis" auch verschwinden. Fudscheirah würde einen Emir bekommen, der unter meiner Anleitung das Land dahin manövriert, wo ich es haben will. Und Khaled würde es nicht wagen, auch nur ein Jota von meinen Anweisungen abzuweichen. Er würde alles verlieren, was ihm lieb ist.

Doch zunächst versuchen wir es auf die diplomatische Tour. Gewalt ist nur ein Mittel zum Zweck, niemals der Zweck selbst.

In Fudscheirah gibt es mit Sicherheit niemand, der es wagen würde, sich den Wünschen des großen Nachbars zu widersetzen.

Nein. Die Gefahr lauerte auf Mykonos und hatte einen Namen: Angelos Nikakis. Ohne ihn würde Khaled zum willenlosen Geschöpf, zu einer menschlichen Hülle, die innerlich gestorben ist.

Kurzum: er wäre der perfekte Emir für mich.

27

Mykonos, Nähe Flughafen

Auf dem Weg zum Flughafen und der Absturzstelle kam der befürchtete Anruf von Premierminister Antonis Migiakis. Angelos und Migiakis waren befreundet, spätestens seit Angelos Migiakis´ Lebenspartner Pavlos aus den Fängen von Entführern befreit hatte. Aber Migiakis war Politiker und musste auch dementsprechend handeln.

Und Angelos konnte sich den Inhalt des Gesprächs vorstellen.

„Guten Morgen. Mein Beileid zum Tod deines Schwagers. Und bitte sag auch Khaled, dass wir sehr betroffen sind", sagte Migiakis.

„Wir? Sprichst du jetzt schon im Pluralis majestatis?", fragte Angelos.

„Ich meinte mich und Pavlos, du Dussel!"

„Ach so. Wie funktioniert es denn so? Du hältst es immer noch geheim?"

Antonis Migiakis seufzte.

„Für dich war es einfach …"

„So? Also mein Bruder hat mich zwar halb totgeschlagen, als ich es ihm sagte, aber …", knurrte Angelos.

„Oh, das wusste ich nicht. Entschuldige. Aber ich habe mich schon von meiner Frau getrennt und lebe mit Pavlos in einer gemeinsamen Wohnung!"

„Und lass mich raten: du verkaufst ihn als deinen persönlichen Assistenten", stichelte Angelos.

„Wie ich deinen Sarkasmus vermisst habe. Nein, Pavlos ist mein Personal Trainer!"

Angelos lachte los.

„Und welchen Muskel er trainiert, kann ich mir gut vorstellen!"

„Witzbold. Ich habe nicht angerufen, um mit dir über meinen Schließmuskel zu sprechen. Schlimm genug, dass ein Staatsoberhaupt auf griechischem Boden ermordet wird. Aber unerträglich wird es, wenn ich an einem Morgen zunächst den emiratischen und dann den saudischen Botschafter über mich ergehen lassen muss. Seltsamerweise war der Abschuss des Emirs gar kein großes Thema. Sie verlangten nicht einmal, dass sie an den Ermittlungen beteiligt werden, was mich sehr überrascht hat!"

„Mich überrascht das nicht. Sie verlangen es nicht, weil sie bereits wissen, wer es war", sagte Angelos.

„Woher sollten … Stopp. Du glaubst …?"

„Wie du schon sagtest. Das Erste ist immer, dass man eine vollständige Untersuchung unter Beteiligung der eigenen Dienste fordert. Und jetzt lass mich raten: in dem Gespräch ging es mehr um Khaled, oder?", fragte Angelos, obwohl er die Antwort schon kannte.

„Ja. Und ich habe mich sehr gewundert. Besonders die Saudis machen Druck und dahinter steckt niemand anderes als Prinz Abdullah. In dem Land passiert nichts ohne seine Zustimmung. Jedenfalls hat sein Botschafter mir deutlich gemacht, dass es für Griechenland sehr von Vorteil wäre, wenn Khaled das Amt als neuer Emir annehmen würde. Was er aber nie tun würde, oder?"

„Nein. Wer würde mich freiwillig verlassen?", fragte Angelos.

Migiakis lachte laut.

„Bescheiden wie immer. Andererseits hat man angedeutet, dass sich die Beziehungen …"

„… verschlechtern, wenn Athen es nicht schafft, Khaled zu überzeugen. Tja, dann wirst du dich auf leerere Kassen einstellen müssen", sagte Angelos.

„Keine Chance, dass er das Amt doch übernimmt?"

„Null Komma null. Und das war seine alleinige Entscheidung. Du weißt ja …"

„Niemand würde ein Prachtstück wie dich verlassen. Apropos, einen besonders lieben Gruß von Pavlos soll ich dir ausrichten. Er gehört wohl auch zu deinem Fanclub", knurrte Migiakis.

„Du wirst doch nicht eifersüchtig werden?", fragte Angelos lachend.

„Solange zwischen dir und Pavlos mindestens 500 Kilometer liegen, nicht. Aber zurück zum Thema: versuche bitte, die Ablehnung nicht zu schroff werden zu lassen. Etwas diplomatisch vielleicht!"

„Ich und diplomatisch?", fragte Angelos zurück. „Außerdem kann ich nicht diplomatisch sein, wenn sich herausstellt, dass Saudis ein Flugzeug abgeschossen und dazu zwei Emiratis ermordet haben!"

„Was aber nie jemand herausfinden wird. Verstanden?"

„Fiat iustitia et pereat mundus", sagte Angelos.

„Hä?", fragte der Premierminister.

„Banause. Frei übersetzt: Den Lauf der Gerechtigkeit hält niemand auf", antwortete Angelos.

„Cicero?", fragte Migiakis.

„Nein. Nikakis!"

28

Ich habe wohl einen Mann mit Nebenwirkungen geheiratet und auch ein Arzt oder Apotheker könnten mir nicht helfen", sagte Angelos und küsste Khaled.

„Bereust du es?"

Angelos verdrehte die Augen.

„Im Leben nicht!"

„Gut, denn ich habe einen Plan. Ich MUSS mich äußern, je eher, desto besser. Eine wochenlange Hängepartie kostet uns zu viel Nerven. Ich werde ablehnen mit dem Argument, dass ich griechischer Staatsbürger bin", verkündete Khaled.

Angelos schaute ihn fassungslos an. Die beiden saßen noch immer im Auto – Angelos hatte bei Migiakis´ Anruf angehalten.

„Das wäre gelogen, Khaled. Noch dazu ist dein Griechisch, äh …!"

„Griechisch existiert nicht. Es ist eine schreckliche Lungenkrankheit", sagte Khaled.

„Die es seit 4.000 Jahren gibt …", fügte Angelos hinzu.

„… und heute niemand mehr spricht!"

Angelos dachte nach.

„Gut, rufen wir Migiakis an!"

Dessen Reaktion fiel wie erwartet aus.

„Spinnt ihr? Khaled ist zwar mit einem Griechen verheiratet, aber er muss mindestens fünf Jahre hier gelebt haben. Ich kann doch keine rechtswidrige Einbürgerung vornehmen, wenn die Medien sofort anfangen nachzufragen und das werden sie!"

„Hm, es gibt aber doch eine Ehrenstaats-
bürgerschaft", widersprach Angelos.
„Und was sind die Verdienste? Dass er dem
Bürgermeister von Mykonos den Arsch versilbert?"
Migiakis merkte sofort, dass er übers Ziel hinaus-
geschossen war.
„Das ist sehr undankbar. Mir und Khaled gegen-
über. Er war maßgeblich daran beteiligt, deinen
Liebhaber zu retten!!", brüllte Angelos ins Handy.
Migiakis seufzte.
„Lass uns nicht streiten. Ich bin euer Freund, aber
es ist euch nicht geholfen, wenn die Sache
auffliegt – und das wird sie!"
„Antonis …", sagte Angelos mahnend.
„Rutsch mir doch … Gut, ich schicke euch ein
Schreiben per Mail. Damit könnt ihr vor der
Kamera wedeln. Wenn aber irgendjemand
juristisch dagegen vorgeht, haben wir schlechte
Karten. Und noch schlechter wird das Blatt, wenn
es die Saudis gar nicht interessiert, was für einen
Pass Khaled hat. Dann muss ich einen Rückzieher
machen. Abdullah als Feind? Dann kann ich
Griechenland abschließen und den Schlüssel in
die Ägäis werfen!"
„In Ordnung. Lass es uns versuchen. Gibt es
richtigen Ärger, kannst du ruhig sagen, es müsse
geprüft werden. Es würde uns aber ein paar Tage
Luft verschaffen!", sagte Angelos.
„Du bist lästig wie eine Klette", schimpfte Migiakis.
„So? Vielleicht. Jedenfalls hing ich auch an
Pavlos´ Entführern wie eine Klette. Und nicht, dass
das alles ungefährlich war für mich – und Khaled"
Stille.

„Und wenn ich Pavlos das nächste Mal sehe, biete ich ihm eine Übernachtung bei mir an!", fügte Angelos hinzu und grinste dabei Khaled an.

„Die Drohung zieht wohl am meisten. Das würdest du nicht tun, oder?", fragte Migiakis.

Nein, dachte Angelos. Ich liebe Khaled und außerdem ist Pavlos ein Kind. 22!

Aber er sagte: „Vielleicht laden Khaled und ich ihn einfach ein!"

„Ein flotter Dreier?", fragte Migiakis entsetzt.

Angelos brach in Gelächter aus.

„Huhaha. Flotter Dreier? Das sagt doch heute keiner mehr. Also wirklich … Jetzt setz dich hin und schreib!"

Und Angelos drückte das Gespräch weg.

„Zufrieden?", fragte er Khaled.

„Du würdest doch nicht wirklich …?"

Angelos schaute Khaled tief in die Augen.

„Ok, ich ziehe die Frage zurück", sagte Khaled kleinlaut.

„Dein Glück!"

Angelos hielt kurz inne.

„Hör zu. Wir drehen um und ich fahre dich nach Hause, damit du deine Erklärung ausarbeiten kannst. Bei dem Termin mit den Herren der Untersuchungskommission musst du nicht dabei sein. Ist vielleicht auch besser so. Raschid liegt zwar nicht mehr da, aber das Wrack lässt das alles von gestern wieder hochkochen", sagte Angelos.

Wider Erwarten war Khaled damit einverstanden.

„Und du hast deine Waffe am Mann und Gabriel auch. Ich möchte nicht, dass ich nach Hause komme und mein Prinz verschwunden ist. Es wird

nicht lange dauern, denn die Absturzursache
kennen wir ja schon. Um den Rest sollen sich die
Herren vom Fach kümmern", fügte Angelos hinzu.
„Könnte ich an der Stelle einen kleinen
Gedenkstein aufstellen lassen?", fragte Khaled.
Angelos grinste.
„Da musst du den Bürgermeister fragen!"

29

Mykonos, Flughafen

Der Wind war zwischenzeitlich wieder stärker
geworden und über die freien Flächen
eines Flughafens blies er ungehindert. Als
Angelos die Absturzstelle erreichte, stellte er mit
Erleichterung fest, dass sich der Auflauf in Grenzen
hielt. Im Juli wäre jeder Tourist zum Flughafen
gerannt, um ein Foto für den eigenen Instagram-
Account zu schießen. Die meisten wären auch
enttäuscht gewesen ob der Tatsache, dass keine
kokelnden Leichen mehr herumlagen. An das
neue Gesetz, wonach bei Unfällen keine Leichen
oder Verletzte mehr fotographiert werden dürfen,

hielt sich ohnehin niemand.

Trotz fehlender Touristen hatte die Feuerwehr den Absturzort hermetisch abgeriegelt. Manche der Männer standen seit gestern Abend um 22.00 Uhr am Tatort. Angelos ging zu Nikos, dem Feuerwehrkommandanten und sagte zu ihm:

„Danke, Nikos. Und sag allen, dass sie 100 Euro extra bekommen, wenn sie noch ein bisschen hierbleiben!"

„Danke, Angelos. Trotz Feuerstelle haben wir tierisch gefroren. Die Herren stehen dort hinten", antwortete Nikos und deutete auf einen kleinen Felsen, der etwas Schutz vor dem Wind bot.

Große Lust schienen die Herren nicht zu haben. Man war mehr damit beschäftigt, sich warmzuhalten.

„Kommissar Nikakis. Wir gehen besser rüber zum Flughafen, oder?"

Er erntete erleichtertes Nicken.

Nach drei Minuten erreichten sie Terminal 1 und gingen hoch in die Verwaltungsräume von Fraport, dem alle griechischen Airports gehören, außer Athen.

„So. Bitte Platz nehmen, Kaffee kommt gleich!" Angelos schaute in die Runde. Fünf Herren. Warum fünf? Üblich wären: die Flugsicherungsbehörde aus Athen, einer vom Hersteller des Flugzeugs und ein Ermittler aus dem Herkunftsland der Maschine.

Es war einer zu viel. Nach der Vorstellungsrunde war klar, dass neben den Emiratis auch die saudischen Behörden einen Vertreter entsandt hatten. Die Erklärung schien logisch.

„Herr Saqra unterstützt uns. Er war schon bei Abstürzen im Sinai Mitglied des Ermittlungsteams", sagte Mahdi Ali, der aus Dubai kam.

„Noch eine Frage: der Emir müsste nach islamischem Brauch noch heute beerdigt werden. Was können wir ihn überführen?"

Das war eine gute Frage. Hoffentlich kommt Khaled nicht auf die Idee, ihn im Garten zu beerdigen. Obwohl er das Recht dazu hätte: schließlich lag auch das Grab von Angelos´ erstem Mann Alex im Außenbereich der Villa.

„Der verstorbene Emir liegt noch in der Pathologie. Ich bedauere: der Absturz erfolgte auf griechischem Territorium und somit gilt griechisches Recht. Aber ich denke, mein Mann, der ehemalige Kronprinz, wird sich angemessen um seinen verstorbenen Bruder kümmern", sagte Angelos.

„Außerdem geht es im Prinzip um einen Flugzeugabsturz und das übliche Prozedere. Herr Kyriakos, unterbrechen Sie mich, wenn ich etwas Falsches sage: Die Leitung haben der Untersuchungsrichter und die Polizei. Die Absturzursache ist bereits bekannt. Die Maschine wurde von einer Boden-Luft-Rakete getroffen, einer ‚Stinger' oder ein anderes Fabrikat, wobei uns dies bei der Herkunft der Attentäter leider wenig hilft. Unsere Ermittlungen konzentrieren sich also auf die Frage: wer war der oder die Täter? Natürlich müssen sie das Wrack dennoch untersuchen, aber der Tower hat beim Start nichts Auffälliges bemerkt, Der Funkverkehr war auch vollkommen normal. Gut, wir werden das Wrack in einen

Hangar im nördlichen Teil des Flughafens bringen lassen. Aber aus Ihrem Prozedere halten wir uns raus, weil wir einen Attentäter zu suchen haben", erklärte Angelos.

Die Herren nickten.

Der saudische Vertreter fragte, ob es denn schon eine Spur gäbe.

Du elende Ratte, dachte Angelos und sagte:

„Ja, die gibt es. Aber haben Sie bitte Verständnis. Es ist eine laufende Ermittlung. Der Kommandant der Feuerwehr wird sich um Sie kümmern und den Transport übernehmen. Wir werden uns morgen wieder hier im Flughafen treffen. Ich muss wieder zurück an die Arbeit", verkündete Angelos und wollte den Raum verlassen. Doch Saqra, der saudische Ermittler, rief ihm hinterher.

„Herr Nikakis, bitte warten Sie einen Moment!"

„Was ist denn?"

„Entschuldigung. Könnten Sie bitte mitkommen. Ich habe ein Kondolenzschreiben unseres hoch-verehrten Kronprinzen dabei, dass ich Ihnen persönlich überreichen soll!"

Was wohl der Gipfel der Heuchelei wäre, wenn die Saudis hinter dem Ganzen stecken würden, dachte Angelos, sagte aber:

„Natürlich!"

Der Wagen von Herrn Saqra stand an der Absturzstelle, ein Kleintransporter.

Wollen die das Flugzeug mitnehmen?, fragte sich Angelos. Mit Freuden vernahm er, dass Saqra sich zu Tode frieren schien. Der Windchill lag wohl um die Null Grad. Saqra öffnete die Türe und holte zwei Umschläge vom Beifahrersitz.

Zwei große Kuverts mit gold-grünem Aufdruck, den Wappenfarben der Saudis.

„Wieso zwei?", fragte Angelos.

„Einer für Seine Königliche Hoheit Khaled!"

Der euch den Mittelfinger zeigen wird, dachte Angelos.

„Und der zweite hier ist für Sie. Sie sollen ihn bitte sofort öffnen!"

„Für mich? Was habe ich mit der Sache zu tun?", fragte Angelos.

Saqra zuckte mit den Schultern.

Dennoch öffnete Angelos den Umschlag.

Dort stand in großen Lettern:

Ein Kamel steht in der Wüste.
Es ist durstig.
Es sucht verzweifelt nach einer Oase.
Doch die Oase, die bist DU!"

Was soll ...", begann Angelos.

Dann wurde es schwarz.

Er hatte den Mann übersehen, der sich im Schutz des brüllenden Windes von hinten genähert hatte.

30

Mykonos, Ornos

Khaled und Gabriel feilten an der Erklärung.
„Ich könnte nach meinem Verzicht erklären,
dass ich es für das Beste halte, man hält
demokratische Wahlen ab", schlug Khaled vor.
„Ein Emirat in eine Republik verwandeln? Eher
friert die Hölle ein. Das ist kein Spiel, Khaled. Die
anderen Emirate würde das nie akzeptieren und
wahrscheinlich einmarschieren, bevor man die
Wahlzettel überhaupt gedruckt hat. Und glaube
nicht, dass Saudi-Arabien untätig zuschaut. Prinz
Abdullah wird ausflippen. Demokratie und Araber!
Pah! Ein Witz. Die einzige Demokratie im Nahen
Osten sind wir", tobte Gabriel.
„Eine Demokratie, in der die Palästinenser nichts
zu sagen haben. Bravo!", hielt Khaled dagegen.
Gabriel beschloss, über den Einwand hinweg-
zugehen.
„Wenn die anderen einmarschieren, oder wenn
es zum Bürgerkrieg kommt, dann kostet dies
Hunderte oder Tausende Menschenleben. Die
Angelegenheit ist zu heikel, als dass du jemand
einen Streich spielen solltest. Der Joke tötet
Menschen, Herrgott!"
„Ist ja gut. Begriffen. Dann ein anderer Vorschlag:
Raschid, ich und meine Schwester Safiye sind ja
nicht die einzigen Kinder meines Vaters. Der hat

sein königliches Zepter regelmäßig in üble Körperöffnungen gesteckt!"

„Du meinst, in weibliche?", fragte Gabriel.

„Ja." Beide schüttelten sich vor Grausen.

„Da wird doch sicher eine Frau von höherem Rang dabei gewesen sein, muss ja nicht königlich sein. Ging ja in Jordanien auch. Dann muss man in Fudscheirah halt suchen gehen", sagte Khaled.

„Am besten mit einer Anzeige: ‚Sind Sie eine Frau, die vom Vater von Emir Khaled geschwängert wurde? Dann melden Sie sich unter www.bastard.em'!", schlug Gabriel vor.

„So in etwa. Vielleicht nicht so drastisch", antwortete Khaled lachend.

„Wo bleibt eigentlich Angelos?", fragte Gabriel. Es war 14.37 Uhr.

„Das war ein Flugzeugabsturz und kein Verkehrsunfall, Khaled!"

„Danke für den Hinweis. Ich bin Pilot", knurrte Khaled.

Eine Stunde später waren Khaled UND Gabriel beunruhigt. Es war mittlerweile 15.37 Uhr.

„Es geht nur die Mailbox an. Das ist noch nie passiert. Er ging immer ran, selbst als er noch mit Alex zusammen war!"

„Aha. Du hast also doch nicht lockergelassen", sagte Gabriel grinsend.

„Das sagst gerade du. Du hättest vor Angelos´ Tür campiert", antwortete Khaled.

Gabriel lachte.

„Nette Vorstellung. Und ja. Weil er es wert ist!"

„Aber er liebt mich und ist mit mir verheiratet!", knurrte Khaled verstimmt.

16.37 Uhr.

Khaled hatte im Flughafen angerufen und bei Nikos von der Feuerwehr. Fehlanzeige.

„Wo zum Teufel kann er nur sein? Ein Unfall mit dem Wagen? Ich fahre die Strecke mal ab. Du bleibst hier und sagst mir Bescheid, wenn er hier auftaucht", sagte Khaled.

Gabriel deutete auf seinen Rollstuhl und meinte: „Wo soll ich schon hin?"

31

Mykonos, ?

Angelos kam langsam zu Bewusstsein. Er sah: nichts. Ich muss die Augen aufmachen, sagte er sich. Allein: es machte keinen Unterschied. Wo bin ich? Der pochende Schmerz erinnerte ihn an das, was passiert war. Er hatte einen Schlag auf den Kopf bekommen. Ich habe den anderen nicht gesehen und gehört. Ich bin wie ein Anfänger auf einen Bauerntrick hereingefallen. Kein Ruhmesblatt für einen Kommissar. Er spürte, dass Flüssigkeit an seinem Hinterkopf herunterlief. Kopfwunden bluten immer heftig.

Hoffentlich ist nicht Khaled das nächste Opfer. Sie sprachen von einem zweiten Schreiben. Wenn sie damit zu unserem Haus gefahren sind, dann …

Nicht daran denken, sagte Angelos zu sich selbst. Lage analysieren ist besser als verzweifeln.

Ich bin in keinem Keller, auch in keinem Zimmer. Sehen kann ich zwar nichts, aber der Boden fühlt sich uneben an, so, als wäre er mit Steinen gespickt. Ich bin im Freien. Aber das kann nicht sein, denn ich sehe absolut nichts. Ich habe aber auch keine Maske auf. Er rieb seinen Kopf vorsichtig am Boden. Eine Mütze oder Haube hätte sich verzogen. Aber Angelos konnte sich nicht erklären, wie man sich im Freien in voller Dunkelheit befinden kann. Selbst bei Neumond und in einer Höhle könnte man Nuancen von Dunkelheit feststellen.

Er zerrte an seinen Fesseln. Sie schnitten sich ins Fleisch. Draht.

Kein Handy, kein Sender und ein mysteriöser Ort. Keine guten Voraussetzungen, um zu überleben. Heute ist also der Tag, an dem ich sterbe. Wenigstens sehe ich dann Alex wieder.

Angelos Nikakis war alles andere als gläubig. Dass er ständig mit seinem toten Ex-Mann sprechen konnte, hielt er für ein unerklärbares Phänomen. Oder eine psychische Störung seinerseits. Aber der Grund war egal – die Gespräche taten ihm immer gut, auch wenn er vielleicht nur mit sich selber sprach. Sie waren eventuell ein Produkt der Schuldgefühle, weil Angelos Alex nicht retten konnte. Um diese zu kompensieren, suggeriert mir mein Kopf, dass Alex noch lebt. Irgendwie so.

Wenn Khaled stirbt, verliere ich meinen zweiten Ehemann. Gut, da ich selbst sterbe …

Angelos seufzte.

„Du warst nicht schuld an meinem Tod. Hör endlich auf, dich zu quälen!"

Es war Alex´ Stimme.

„Alex. Gott bin ich froh, dich zu hören!"

„Ich höre dich immer, mein Großer. Ich sehe dich immer!"

„Dann sag mir, wo ich bin", bat Angelos.

Stille.

Angelos glaubte, ein Schniefen zu hören.

„Du willst es mir nicht sagen?"

„Ich kann nicht", sagte Alex mit gebrochener Stimme.

„Oh. Dann stehen meine Chancen wohl nicht sehr gut, oder?", fragte Angelos.

Als Antwort kam ein leises „Nein".

„Ich würde dir gerne helfen, ich würde alles tun, um … - Aber hören kannst nur du mich!"

„Schon gut. Dann ist es halt so. Zumindest ist dann einer meiner Ehemänner bei mir. Hat man als Toter auch Sex?", fragte Angelos.

Alex lachte.

„Nein. Und ich vermisse ihn unsäglich. Wenn ich nur an deinen Körper denke, an deinen Schwanz, an deine Augen …"

„Ein sabbernder Engel. Zumindest vorstellen kann man es sich noch, wenn man tot ist", antwortete Angelos und lachte.

„Aber das hilft einem nichts, weil man den Druck nicht ablassen kann", beschwerte sich Alex und schnaubte.

„Ich hätte nicht gedacht, dass wir uns so schnell wiedersehen. Es hat etwas Tröstliches", flüsterte Angelos. Mit Toten muss man nicht laut sprechen. „Wie ist das Sterben so?", fügte er hinzu.

„Kann ich dir nicht sagen. Ich hatte keine Zeit zum Sterben. Es ging die Türe auf und der Arsch hat sofort geschossen, und zwar mitten in meinen Kopf! Da blieb keine Zeit für ‚Überrascht sein‘ oder das Sterben. Es dauerte alles keine zwanzig Sekunden!"

„Es tut mir leid, dass ich nicht früher begriffen habe, dass …"

„Stopp. Wenn *du* es zu spät durchschaut hast, hätte es ein anderer auch nicht gekonnt. Wenn es dich beruhigt: auch schneller fahren hätte nichts gebracht. Sieben Minuten hätte auch kein Rennfahrer herausgeholt. Und falls du zu mir kommst, will ich davon nichts mehr hören!", sagte Alex bestimmt.

„Wenn du ‚falls‘ sagst, meinst du, ich habe noch eine Chance?", fragte Angelos.

Stille.

„Also nicht", stellte Angelos resigniert fest.

„Dann bleib bitte bei mir. Es … es ist sicher leichter für mich …"

Angelos versagte die Stimme.

„Ich bin immer bei dir. Das war ich immer. Du warst und bist meine Oase", sagte Alex.

„Was bitte?"

„Du kennst den Spruch mit dem Kamel nicht? Das Kamel, das nach Wasser lechzt? Na, dann bin ich dir wenigstens einmal voraus", sagte Alex lachend.

„Übersetzt du mir bitte, was der Spruch bedeuten soll?"

„Das Kamel ist Khaled. Das Kamel braucht Wasser zum Leben, es braucht was? Eine Oase. Und die Oase – das bist du! Seine persönliche Oase, ohne die er stirbt. Also wird er die Oase suchen, solange er kann", sagte Alex.

„Findet das Kamel die Oase?", fragte Angelos, obwohl er die Antwort schon kannte.

Alex zögerte.

„Die Wahrheit, bitte!"

„Das Kamel wird verrückt und verendet in der Wüste", antwortete Alex traurig.

„Das heißt, auch Khaled wird sterben? Na, dann habe ich beide Ehemänner im Himmel bei mir. Da bin ich sogar privilegiert. Wehe, ihr vertragt euch nicht!"

„Ich habe mich immer mit Khaled vertragen. Auch wenn er mir das Liebste genommen hat", knurrte Alex.

„Bitte, Alex, er hat dir nichts getan. Im Gegenteil, er …"

„Stimmt. Manchmal braucht man einen Schuldigen, wo keiner ist!"

Khaled war nicht schuld. Er konnte sich nicht raussuchen, in wen er sich verliebt. Ich konnte nichts dafür, dass ich ihm verfallen bin, obwohl ich dagegen angekämpft habe. Khaled war das Kamel und er hatte seine Oase gefunden.

„Alex, bist du noch da?"

Stille.

Oh, jetzt bist du doch allein, dachte Angelos und bekam Angst.

Stille.

„Großer, hör zu. Ich versuche etwas. Ich glaube nicht, dass es funktioniert, also mach dir keine Hoffnungen. Außer dir kann mich niemand hören, aber vielleicht funktioniert etwas anderes. Ein Zeichen!"

„Ein Zettel auf dem steht: ‚Angelos ist in XY?'!", fragte Angelos.

Alex lachte.

„Nein. Subtiler. Ich bin jetzt kurz weg. Vielleicht …"

32

Mykonos, Ornos

Um 17.37 Uhr, wieder eine Stunde später, hatte Khaled die Grenze zur Verzweiflung überschritten.

„Sie haben ihn. Ich spüre es. Und alles ist meine Schuld. Ich habe ihn in diese ganze Sache hineingezogen. Mit einem normalen Mann wie Alex wäre ihm das nicht passiert", sagte Khaled unter Tränen.

„Wir wissen doch noch gar nicht, was passiert ist. Außerdem: Angelos liebt dich. Glaubst du, er würde dir Vorwürfe machen?", fragte Gabriel.

„Nein. Aber ich mache mir Vorwürfe. Und damit

kann ich nicht leben, wenn ihm etwas passiert!"
„Beruhige dich: er lebt bestimmt noch", sagte Gabriel.
„Ach ja? Und woher weißt du das?"
Gabriel wusste es natürlich nicht.
„Mein Traum dauerte gerade sechs Monate. Na ja, besser als gar nichts", lamentierte Khaled.
Noch immer liefen ihm Tränen herunter.
„Jetzt hör auf. Das Letzte, was Angelos jetzt braucht ist, dass du in eine Depressionsstarre verfällst. Gerade JETZT braucht er dich. Denk nach. Wo könnte er sein? Wer könnte uns helfen?", fragte Gabriel.
„Abu", sagte Khaled laut.
Er meinte Abu Bakar. Seines Zeichens der erfolgreichste Drogenhändler der Ägäis – und so etwas wie ein Freund von Khaled und Angelos.
Nein – es hat nichts mit Korruption zu tun.
Den Entführungsfall Pavlos* hätten sie ohne die Hilfe Abu Bakars nicht lösen können. Seine technischen Möglichkeiten überstiegen die der Herren Nikakis bei weitem. Seine schwimmende Zentrale, die Yacht „Delphi", war eine Festung, von der aus Abu Bakar seine Lieferungen überwachen konnte, mithilfe von Drohnen, die die meisten Staaten nicht besaßen.
Es war ein Geschäft, das Abu Bakar und Angelos abschlossen. Er würde helfen, Pavlos zu finden, was er dann auch tat. Die Gegenleistung: Er hätte auf Mykonos freie Hand. Angelos sagte zu, unter drei Bedingungen: begrenzte Menge, keine gepanschte Ware und keinerlei Gewalt. Drogen

* Libido, MC 18

waren auf einer Party-Insel ohnehin nicht zu verhindern, sagte Angelos immer. Dann lieber jemand, der für Qualität und Ruhe sorgte.

Beide hielten sich an die Vereinbarung und seitdem gab es keine Drogentote mehr, keine toten Konsumenten und auch von Kugeln durchsiebte Kuriere waren Geschichte.

Nur Abu Bakar könnte aus der Luft helfen. Khaled wusste: je schneller man das Opfer bei Entführungen findet, desto größer die Chance, dass es überlebt.

Khaled wollte gerade zum Handy greifen, als eben dieses anfing zu brummen.

33

Mykonos, Ornos

Ich grüße Seine Exzellenz und meinen Bruder im Geiste. Ich wollte dir mein Beileid ..."
Weiter kam Prinz Abdullah nicht.

„Bruder im Geiste? Ich bin sicher nicht der Bruder eines Mörders und Entführers. Wo ist Angelos? Ich schwöre dir: wenn ihm etwas passiert, werde ich dir persönlich die Hoden abschneiden und in der Pfanne rösten", brüllte Khaled.

„Was habt ihr Schwulen immer nur? Alles dreht sich um Hoden, Schwänze und Ärsche. Es ist das Melodramatische daran, was euch gefällt, nicht wahr?

„WAS HAST DU MIT ANGELOS GEMACHT?"

„Nichts. Ich bin ein kultivierter Mensch und wollte dir zu deinem Verlust gratu .., halt, ich wollte mein Beileid ausdrücken – das war es! Im Übrigen solltest du mir dankbar sein, dass ich mich um die zwei Herren gekümmert habe, die dich ermorden wollten. Sonst wäre dein Angelos schon wieder Witwer – und das mit dreißig. Bemerkenswert. Also sag brav ‚danke' und mäßige deinen Ton. Ich bin kein Unmensch und garantiert kein Mörder!", sagte Prinz Abdullah.

Khaled lachte höhnisch.

„Aha. Dann hat sich der Journalist im Konsulat wohl selbst umgebracht und anschließend selbst zerlegt. Ich frage mich noch immer, wie das gehen soll!"

„Damit hatte ich nichts zu tun. Ein paar übereifrige Mitarbeiter. Das Personal ist auch nicht mehr wie früher!"

„Dass du es überhaupt wagst, mich anzurufen, ist schon unglaublich genug. Du hast versucht meine Schwester zu vergewaltigen", schrie Khaled. Abdullah lachte.

„Also bitte. Als ob ich das nötig hätte. Und so attraktiv war deine Schwester nun auch wieder nicht!"

„Das sagst du nur, weil sie sich gewehrt hat. Und mit meiner Schwester war nicht gut Kirschen essen! Sag mir: wie sehr hat sie dich vermöbelt, Eure Scheinheiligkeit?", schnaubte Khaled.

„Immer noch der gleiche Hitzkopf. Da war gar nichts. Nimm dich und deine Familie nicht so wichtig. Ihr seid auch nur ein Tropfen im Meer", sagte Abdullah.

„Noch einmal: wo ist Angelos?"

„Ihm geht es gut. Im Übrigen beweist du Geschmack. Ein gutaussehender Mann, soweit ich das beurteilen kann. Ihm wurde kein Haar gekrümmt!"

„Ich glaube dir kein Wort", bellte Khaled.

„Na ja, er hat eine kleine Beule. Aber die für dich wichtigen Teile sind unversehrt", sagte Abdullah und lachte.

„Wieso tust du das?", fragte Khaled.

„Weil Politik ein gnadenloses Geschäft ist. Macht. Unsummen an Geld. Sex. Alles eine Melange, in der man oben schwimmt oder untergeht. Ich bevorzuge, oben zu schwimmen!"

„Ich wünschte, du würdest langsam ersaufen", antwortete Khaled.

Aber Abdullah blieb ruhig. Kein Wunder: er diktierte das Geschehen.

„Nun: wollen wir uns jetzt friedlich wie zivilisierte Menschen unterhalten? Du möchtest doch deinen Schönen unversehrt wiederhaben?"

Stille.

„Bitte, Abdullah, tu ihm nichts. Töte mich, aber lass Angelos aus dem Spiel", bat Khaled, dessen Zustand von Wut in Verzweiflung überging.

„Wie edel. Du bist wirklich verliebt. Ein Luxus, den man oft teuer bezahlen muss", sagte Abdullah.

„Sag mir, was du willst. Aber noch einmal: wird ihm ein Haar gekrümmt …"

„… schneidest du mir die königlichen Eier ab, ja, ja. Kommen wir jetzt bitte vom Drama endlich zum Geschäft?"

Khaled seufzte.

„Ich mache alles, was ihn mir zurückbringt!"

„Das klingt doch schon viel besser. Und vielleicht bist du in Zukunft etwas höflicher. Das erhöht meine Bereitschaft, deinen, äh, Ehemann, in einem Stück zurückzuschicken und nicht in Einzelteilen!"

Die letzte Drohung brach Khaleds letzten Widerstand.

„Kein Widerspruch? Dann fangen wir mal an. Ich verlange nichts Unmögliches. Du wirst die Nachfolge deines Bruders antreten und Emir werden. Es gibt schlimmere Jobs. Luxus, Reichtum, schöne Frauen ... Ach halt, ich vergaß: schöne Männer. Und ein bisschen regieren. Aber auch das wird nicht viel Zeit in Anspruch nehmen, denn du bekommst genaue Anweisungen von mir. Einfach unterschreiben, ein paar Moscheen einweihen – das war´s!"

„Und wie soll ich Angelos mitnehmen? Wenn er überhaupt will …", sagte Khaled und begriff, dass JEDE Lösung das Ende bedeuten würde.

Entweder würde Angelos sterben oder sie würden getrennt.

Khaled bekam eine Gänsehaut.

Ich werde mich also umbringen.

Na ja, dann kann ich mich wenigstens mit Alex

über Angelos unterhalten. Und wenn es stimmt, was Angelos sagt – dass er mit Alex sprechen kann, dann kann ich das vielleicht auch mit ihm? Khaled schwirrte der Kopf.

„Sind Sie noch da, Königliche Hoheit?", fragte Abdullah süffisant.

„Ach, übrigens: Selbstmord ist nie eine Lösung. In deinem Falle würde dir Angelos sofort folgen und du möchtest sicher nicht an seinem Tod schuld sein, oder?"

Das Schwein lässt mir keine Wahl, dachte Khaled und begriff: ich werde in einem goldenen Käfig sitzen, in einem Körper, der lebt, und einer Seele, die auf Mykonos gestorben war.

Das Kamel in der Wüste wird verrückt und verendet, denn seine Oase existiert nicht mehr.

„Und was bekomme ich als Gegenleistung?", fragte Khaled.

„Dein Mann bleibt am Leben. Damit du auch genügend motiviert bist, wird Angelos für unbestimmte Zeit mein Gast in Riad sein. Ihm wird es an nichts fehlen und er steht unter meinem persönlichen Schutz!"

Abdullah lachte.

„Und dann werden wir ja sehen, wie treu denn dein Schöner ist. Aber ich bin kein Unmensch: du darfst ihn regelmäßig sehen, wenn deine Probezeit vorüber ist!"

Khaled platzte fast der Kopf. Kurzzeitig erheiterte ihn die Vorstellung, dass Angelos Abdullah die Hölle heiß machen würde. Er wäre alles andere als ein pflegeleichter Gast. Und da er auf Luxus keinen Wert legt, würde er sich davon nicht korrumpieren lassen.

„Ich habe also die Wahl zwischen Angelos´ Tod und Angelos´ Geiselnahme. Aber du vergisst eines: Er ist griechischer Staatsbürger. Du kannst nicht einfach Bürger eines anderen Staates festhalten", sagte Khaled.

Abdullah lachte.

„Allah, bist du naiv. Nun, umso mehr wirst du meiner Weisung Führung bedürfen. Wer sollte denn protestieren? Der griechische Premier? Der macht sich jetzt schon in die Hose, weil er fürchtet, dass wir unsere Gelder aus dem Land abziehen. Da hilft euch auch die persönliche Beziehung nichts. Im Übrigen habe ich schon ganz andere Kaliber in Riad festgehalten!"

Stimmt, dachte Khaled. Abdullah hatte den libanesischen Ministerpräsidenten Hariri nach Riad zitiert – und dann nicht nach Hause fliegen lassen. Noch in Riad erklärte Hariri den erwünschten Rücktritt.

„Und jetzt hör zu: Um 19.45 Uhr wird ein Team von Al-Jazeera bei dir vor der Türe stehen. Du wirst live die Erklärung abgeben, dass du in Demut dein neues Amt übernehmen wirst. Du wirst Reformen ankündigen – zum Wohle des Volkes. Und zu meinem Wohl. Letzteres sagst du natürlich nicht!"

Abdullah lachte laut über seinen Scherz.

„Das Team wird dich mitnehmen. Sobald ihr den griechischen Luftraum verlassen habt, wird Angelos freigelassen. Ab da ab ist er mein Gast!"

„Wie gesagt: aus einem Entführungsopfer wird eine Geisel", knurrte Khaled.

„Das Leben ist eine ständige Prüfung!"

„Warum nimmst du nicht einen der unehelichen Kinder meines Vaters? Da gibt es ja nicht gerade wenige!"

„Ja, ja. Der ehrenwerte Emir hatte sehr unislamische Neigungen. Aber die Damen waren meist Ausländerinnen, Europäerinnen – daher geht es schlicht nicht. Auf den Thron muss ein legitimer Nachfolger. Einer aus der glorreichen Familie Al-Massawi. Und da gibt es nur noch dich.
Hör auf dich zu wehren. Vielleicht triffst du einen anderen Mann. Solange du es im Verborgenen tust, habe ich damit kein Problem. Vielleicht möchte aber auch Angelos einen anderen Mann. Du bist auch schon sein zweiter!"

„Weil der erste ermordet wurde, du Sohn einer Hyäne", brüllte Khaled.

„Ich bewundere Hyänen. Sie setzen sich durch. Sie kämpfen gegen Hitze und eine unwirtliche Umgebung. Ihnen machen Hunger und Durst nichts aus. Sie wittern Beute aus mehreren Kilometern Entfernung und kennen keine Gnade. Insofern ist der ‚Sohn einer Hyäne' ein Kompliment, für das ich dir von Herzen danke, Königliche Hoheit! Es lebe der neue Emir!"

Abdullah lachte.

„Nenn mich nicht so", knurrte Khaled.

„Schluss jetzt mit dem Geplänkel. Du machst genau das, was ich dir sage, oder dein Angelos stirbt einen sehr unangenehmen und langsamen Tod!"

Abdullah legte auf.

Und Khaled schrie vor Wut.

34

Mykonos, Ornos

Die Wut hielt nicht lange und kippte um in Apathie. Khaled saß am Tisch und starrte zum Fenster hinaus.

„Dieses Schwein. Was er nicht weiß. Alle Kinderzimmer im Palast in Fudscheirah waren mit Kameras bestückt. Unser Vater war hochgradig paranoid. Abdullah war anlässlich eines Besuchs in Safiyes Zimmer eingedrungen und hat sie gepackt und aufs Bett geworfen. Womit er nicht gerechnet hat: sie hat sich gewehrt und ihm einen Tritt in die Weichteile verpasst. Er lag bestimmt fünf Minuten wimmernd am Boden. Abdullah ist brutal, gewissenlos und machtgierig, aber was erzähle ich dir. Ihr Israelis wisst ja Bescheid.

Ich habe alles auf Video, aber das hilft mir nichts. Wenn ich mit der Veröffentlichung drohe, bringt er Angelos auf jeden Fall um!"

Khaled liefen die Tränen herunter und Gabriel griff nach seiner Hand.

„Wir beide schaffen das schon. Du liebst Angelos und ich auch. Ich weiß, dass es dir nicht gefällt, aber warum darfst du Gefühle für ihn haben und ich nicht? Wichtig ist jetzt, dass wir jetzt zusammen alles tun, um Angelos zu retten!"

„Du hast ja recht. Aber schau auf die Uhr. 16.52 Uhr! Das sind nicht einmal drei Stunden, bis diese Idioten von Al-Jazeera vor unserer Türe stehen. Wie sollen wir ihn in drei Stunden finden? Wir haben schlicht keine Zeit, um auch nur einen Bruchteil der Insel abzusuchen. Und gehe ich auf die Forderung ein, verliere ich Angelos auch. Entweder tötet Abdullah ihn in Riad oder Angelos wirft das Handtuch und verlässt mich. Das überlebe ich beides nicht", sagte Khaled in erschreckend deprimiertem Ton.

„In drei Stunden kann man ganze Kriege gewinnen. Der Sechs-Tage-Krieg 67 war schon nach zwei Stunden entschieden", erwiderte Gabriel.

„Sehr einfühlsam, einen Araber an 1967 zu erinnern", knurrte Khaled.

Gabriel lachte.

„Mir ging es doch nur darum, dass ..."

„Ich habe schon verstanden, was du meinst", sagte Khaled.

„Dann solltest du jetzt das Handy nehmen und Abu anrufen!"

„Ich habe Angst, dass er irgendwo hinter Samos liegt mit seiner Yacht und nicht rechtzeitig kommt", sagte Khaled.

„KHALED! Wach endlich auf! Du sollst MACHEN und nicht auf die Katastrophe warten. Herrgott, Angelos verlässt sich auf dich, auf uns", entgegnete Gabriel zunehmend lauter.

„Oder brauchst du ein paar Amphetamine? Mir haben die immer geholfen!"

„Dann her damit. Ich hoffe, sie wirken schnell!"

Gabriel kramte ein Döschen aus seiner Hosentasche. Er lächelte.

„Wichtige Medikamente trägt ein Soldat immer bei sich!"

Khaled schluckte die längliche Tablette und griff nach dem Handy.

„Abu? Hier ist Khaled. Ich, wir, sind ziemlich verzweifelt. Angelos ist entführt worden und soll in drei Stunden ermordet werden. Ich weiß, dass du nur einen Deal mit ihm hast, aber vielleicht geht dein Respekt soweit, dass du …"

„Spar dir deine Rede. Der Abend bei euch war der lustigste meines Lebens. Außerdem will ich keinen neuen Kommissar – der würde nur Ärger machen. Der Hubschrauber ist in fünf Minuten startklar. Ich brauche 15 Minuten bis Mykonos. Kann man in eurem Hof landen?"

„Äh, wir haben einen Landeplatz auf dem Dach. Das war doch mal dein Haus", sagte Khaled.

„Stimmt", antwortete Abu Bakar und lachte.

„Noch eines: wir brauchen bestimmt eine Drohne über der Insel. Fliegt zufällig eine von deinen hier herum?"

„Pfft. Mein lieber Khaled. Ich bin nicht die griechische Armee. Ich muss nicht sparen. Es ist immer eine Drohne über der Ägäis in der Luft, um meine Dro .., äh, Importware zu schützen. Bis gleich!"

Khaled atmete erleichtert auf.

„Na, siehst du. Jetzt gehen wir raus und sammeln unsere Kräfte. Hier drinnen werde ich wahnsinnig", sagte Gabriel.

„Gut", lautete die knappe Antwort Khaleds und er fügte hinzu:

„Dann reinigen wir am besten gleich die Waffen!"

Gabriel lächelte.

„Alles schon erledigt!"

Khaled lächelte. Zum ersten Mal seit dem Verschwinden Angelos´.

„Als Preis gewinnst du eine von Angelos´ getragenen Shorts!"

Khaled schob Gabriel zur Gartentüre hinaus.

Als sie am Rand der Terrasse standen, hörten sie hinter sich ein lautes Krachen. Das aufgestapelte Holz neben dem Kamin war umgestürzt.

„Das auch noch", sagte Khaled. „Dann bin ich wenigstens beschäftigt, bis Abu kommt!"

35

Mykonos, ?

Angelos lag zusammengekauert am Boden und dämmerte vor sich hin. Alex war beunruhigt, denn er kannte die Signale. Er bekommt einen Flashback. Die Todesangst lässt die Dämonen der Vergangenheit wieder auferstehen – zum denkbar schlechtesten Zeitpunkt.

„Großer, wach auf. Rede mit mir! Ich kann dir leider keinen blasen, das war immer noch die beste Therapie!"

Angelos brummelte. Er hatte Schmerzen, denn die Drahtfesseln schnitten sich ins Fleisch und die Muskulatur wurde steif.

„Wie spät ist es?", fragte er.

„Das ist nicht wichtig", antwortete Alex.

„Bitte. Ich möchte es wissen!"

„Noch knapp drei Stunden. Ich weiß, es ist viel verlangt, aber du musst wach und konzentriert bleiben. Vielleicht hast du eine Chance, wenn diese Bastarde einen Fehler machen!"

„Ich bin unbewaffnet und gefesselt. Das nennt man wohl ein doppeltes Handicap", sagte Angelos.

„Ja, aber dein Gehirn arbeitet noch. Und dann besteht …", begann Alex, sprach aber nicht weiter.

„Was besteht? Eine Chance?"

„Engel gibt es nicht, Angelos. Zumindest nicht solche, die mehr können als nur geistig Kontakt aufnehmen!"

Angelos lachte.

„Ich weiß. Ich befürchte, ich höre dich nur deswegen, weil ich einen Dachschaden habe. Die Vergewaltigung und dein Tod haben bei mir wohl einige Synapsen durcheinandergebracht. Aber es beunruhigt mich nicht mehr. Ich kann mit dir sprechen – nur das ist wichtig. Auch wenn ich tatsächlich nur mit mir selbst rede!"

„Zu deiner Beruhigung: es sprechen viel mehr Menschen mit ihren Verstorbenen als man glaubt.

Besonders, wenn die Liebe groß war", sagte Alex. „Dann müssen wir uns wohl sehr geliebt haben, denn ich höre dich ständig. Du warst schon immer ein Plappermaul", antwortete Angelos lachend. „Wenn ich also bald bei dir bin, gleich eines zur Klarstellung: ich brauche meine Ruhezeiten!"

„Davon hast du als Toter genügend, glaube mir", knurrte Alex. „Aber hör zu: ich werde versuchen, Khaled, Gabriel oder Abu irgendein Zeichen zu schicken. Hören können sie mich leider nicht. Ich habe es versucht!"

„Das kann auch nicht funktionieren, denn du existierst nur in meinem Kopf, befürchte ich", sagte Angelos.

„Irrtum. Du bist nicht verrückt. Du bist geistig mehr als nur normal. Du hast zwei Jobs, die beide nervenaufreibend sind. Du wirst von drei Menschen mehr als nur geliebt!"

„Drei?", fragte Angelos.

„Na, ich, Khaled und Gabriel", antwortete Alex.

„Stimmt. Dafür bin ich auch dankbar, obgleich es nicht einfach ist, alles in der Balance zu halten, ohne jemand zu verletzen! Kannst du mir eines verraten?"

„Schieß los!"

„Wie geht es Khaled, wenn du mir das sagen darfst!"

„Er ist am Boden zerstört, was denkst du denn? Die Aussicht, dich zu verlieren, lähmt ihn. Er ist ein guter Mann, Angelos. Du hast Glück mit deinen Männern", sagte Alex.

Angelos lachte.

„Ein Engel, der sich selbst lobt, Tsts …!"

„Ehrlich gesagt, setze ich meine Hoffnung eher auf Gabriel. Er ist berufsbedingt heikle Situationen und schnelle Reaktionen gewohnt. Vielleicht hört er mich doch noch. Außerdem würde es auch ihm den Teppich unter den Füßen wegziehen, solltest du …"

„Ich weiß. Er hat sich gut entwickelt seit jenem Tag, als …"

„Seit dem Tag, an dem er dir einen blasen durfte?", fragte Alex und kicherte.

„Ich wusste, dass du mir das wieder aufs Brot schmierst. Er wollte sich in der Nacht umbringen, was du sehr wohl weißt. Also habe ich gedacht, dass er etwas braucht, von dem er schon lange geträumt hat. Du hast hinterher gesagt, es sei in Ordnung gewesen. Ich habe es doch nicht aus Geilheit getan …", regte sich Angelos auf.

„Du missverstehst mich. Ich habe dich nie dafür kritisiert. Gabriel ist seitdem wie verwandelt. Trotzdem hat er verstanden, dass du Khaled liebst. Und du hast viel für ihn getan, mehr, als man als Freund normalerweise tut. Dafür kannst du dir auf die Schulter klopfen. Du hast einen Menschen wiederaufgebaut!"

„Kraft meines Spermas, willst du sagen, oder?"

„Unsinn. Obwohl es offensichtlich antidepressive Wirkung hat", sagte Alex. „Bei mir hat es ja auch gewirkt. Gut, ich hatte sicher eine Überdosis. Wusstest du, dass ich rund 28 Liter geschluckt habe?"

Angelos lachte laut.

„Du bringst mich zum Lachen, obwohl ich knietief in der Scheiße sitze! Du hast das ausgerechnet??"

„Na ja, viel habe ich hier ja nicht zu tun. Da habe ich mal überschlagen", lamentierte Alex. „Und ich vermisse den Geschmack von Pfirsich. Gott bin ich neidisch auf Khaled!"

„Ich würde ja gerne eine Solonummer für dich hinlegen – leider bin ich gefesselt", antwortete Angelos lachend.

„Das wird nachgeholt!"

„Dafür ist es wohl zu spät", sagte Angelos mit trauriger Stimme.

„Selbst wenn – ich bin bei dir. Und ich versuche es weiter. Vielleicht geschieht ja ein Wunder und einer hört mich", sagte Alex.

Na ja, wenn einer ein Wunder vollbringen kann, dann ist es ein Engel. Ein treuer und immer noch verliebter Engel, dachte Angelos.

Irgendwie bin ich ein Glückspilz. Oder war.

36

Mykonos-Ornos

Abu Bakar war offensichtlich beim Sonnenbaden, als ihn der Anruf von Khaled erreichte. Und so trug er Shirt und Badeshorts, als er in Ornos eintraf. Die Landung des

Hubschraubers auf dem Dach des Hauses ließ das Gebäude erzittern. Aber noch nie war das Gefühl eines Erdbebens so willkommen wie an diesem Tag.

„Solide Bauweise", lauteten Abus erste Worte. „Der Bauherr hat offensichtlich alles bedacht!" Er lachte. Der Bauherr war er selbst, denn die Villa der Herren Nikakis war ursprünglich von ihm errichtet worden, was Khaled beim Kauf nicht wissen konnte. Angelos hingegen wusste es, aber es spielte keine Rolle und Khaled war so begeistert von dem Haus. Dass im Keller der ein oder andere ins Jenseits befördert wurde: manchmal muss man die Vergangenheit ruhen lassen.

„Wie viel Zeit haben wir?", fragte Abu Bakar. „Es ist 17.57 Uhr. Ich befürchte, nur knappe zwei Stunden. Läuft das Interview nicht um 19.45 Uhr, werden sie ihn umbringen. Läuft es, bringen sie ihn sofort nach Riad", antwortete Khaled.

„Gut. Was ist los? Und: die Kurzversion bitte", sagte Abu Bakar.

Gott sei Dank ist das ein Mensch, der kühl und schnell analysiert. Im Drogengeschäft müssen mitunter in Sekunden Entscheidungen gefällt werden, dachte Gabriel und lieferte einen Abriss der Ereignisse im Stakkato.

„Bilder von der Entführung?"

„Ja. Gerade gefunden, aber sie bringen nichts", sagte Khaled.

„Das überlasst mal mir. Die Aufnahmen, bitte!" Abu hatte das Kommando übernommen.

Die Bilder der Überwachungskamera brachten aber tatsächlich nichts Erhellendes, außer der

Tatsache, dass es zwei Entführer waren. Keine Überraschung. Hinzu kam, dass die Täter offensichtlich die Position der Kamera einkalkuliert hatten. Das Geschehen fand hinter dem Transporter statt. Man sah nur, dass Angelos in Begleitung zu dem Fahrzeug ging, dahinter verschwand und nicht mehr auftauchte.

Die zweite Person ging zurück zum Flughafen, aber das Gesicht war nicht zu erkennen. Angelos konnte man am Gang und der obligatorischen Nikakis-Kleidung erkennen: Weißes Muskelshirt, Jeans und Sneakers.

Das Fahrzeug fuhr weg, aber auch der Fahrer war nicht näher zu erkennen. Die Kameras am Flughafen waren noch älteren Datums.

Kennzeichen? Die Hoffnung war vergeblich. Es war kein Leihfahrzeug. Die Kennzeichen waren schlicht gefälscht. Was zusätzlich deprimierte: der Transporter fuhr in Richtung des Kreisverkehres, was bedeutete, dass das Ziel überall liegen konnte.

„Ihr hattet recht. das ist nicht sehr erhellend. Und meine Drohne deckt nur das Meer ab, sorry. Auf der Insel droht keine Gefahr mehr", sagte Abu Bakar.

Ja, dachte Gabriel. Durch den Deal brauchte sich Abu keine Sorgen um die Verteilung zu machen.

„Ich sage ja: es ist witzlos. Wir werden ihn nie finden. Schon gar nicht in der kurzen Zeit", meinte Khaled resignierend.

„Jetzt hör auf zu lamentieren. Angelos erwartet von dir, dass du kämpfst. Du bist sein Mann, Herrgott. Also reiß dich zusammen!" Abu wurde immer lauter.

„Können wir uns jetzt bitte alle beruhigen und systematisch vorgehen?", wand Gabriel ein.

Wie soll ich mich systematisch auf den Tod oder das Verschwinden von Angelos vorbereiten, fragte sich Khaled.

„Erstens: sie konnten nicht damit rechnen, dass ihr so lange braucht, bis ihr begreift, dass irgendetwas passiert ist. Das ist kein Vorwurf, aber sie mussten mit einer früheren Entdeckung rechnen. Also halten sie ihn mit Sicherheit nicht in dem Transporter fest. Das ist zu gefährlich", sagte Abu.

„Das wäre wenigstens ein Hoffnungsschimmer gewesen", knurrte Khaled.

„Wirklich? Wie lange hätte es gedauert, alle Transporter auf der Insel zu suchen? Unsinn", entgegnete Abu.

„Jetzt lass ihn reden", sagte Gabriel bestimmend.

„Es ist windig und kalt. Angelos vom Wagen in ein Versteck zu bringen, dürfte kein Risiko gewesen sein. Es ist niemand auf der Straße."

Khaled schaute auf die Uhr.

18.35 Uhr.

37

Mykonos, Ornos

Abu war aufgestanden und blickte zum Fenster hinaus.

Erstaunlich, dachte Gabriel. Noch vor zwei Jahren hatte dieser Mann versucht, Angelos zu töten. Und fast wäre es ihm gelungen. Dass der Schuss Angelos´ Leber traf – und nicht das Herz – war nur einer Windbö zu verdanken, die selbst ein Scharfschütze wie Abu Bakar nicht berechnen kann. Dennoch war es knapp. Nur mit einer Teiltransplantation konnte Angelos gerettet werden. Und nun ist dieser Mann aufrichtig besorgt und bemüht, Angelos zu retten. Nicht nur, weil Angelos den so wichtigen Deal garantierte, nein, es scheint, als würde es ihm *persönlich* wichtig sein, dass Angelos Nikakis überlebt.

„Ich hasse die Saudis abgrundtief. Sie sind Heuchler und töten unzählige Menschen. Nicht direkt, dafür sind sie zu feige. Sie schicken Geld und LASSEN töten. Sie werden es nicht schaffen. Außerdem ist Angelos nicht nur mein Vertrags-partner. Ich mag ihn, wahrscheinlich ist er sogar mein Freund. Und ich hätte nach Rakka nie gedacht, dass ich jemals wieder einem Menschen vertrauen könnte!"

„Angelos hat alle seine Versprechen gehalten", fügte Gabriel hinzu.

„Richtig. Ein seltenes Verhalten heutzutage. Gut: weiter. Wir haben wenig Zeit! Versetzen wir uns in die Lage der Entführer. Sie wissen, dass wir drei jeden Stein auf dieser Insel kennen. So viele geeignete Verstecke gibt es auf einer Insel, die zwanzig Kilometer lang und breit ist, nicht. Auch im Februar gibt es neugierige Nachbarn und etwas Ungewöhnliches fällt viel eher auf. Sie wissen, dass Hunderte von Kameras in Betrieb sind", sagte Abu Bakar.

„229", warf Khaled ein.

„Vielen Dank für diesen wichtigen Beitrag", knurrte Abu.

Gabriel sah zu Khaled und machte das „Cut-Zeichen". Klappe, Khaled.

„Außerdem wissen sie bestimmt, dass hier dauernd eine Drohne herumschwirrt!"

„Woher sollten sie das wissen?", fragte Khaled.

„Das fällt jedem Geheimdienst doch sofort auf, oder?", fragte Abu in Richtung Gabriel.

Der nickte. „Wir wussten es ja auch, also gilt das auch für die Saudis!"

Abu sah zum Fenster hinaus.

„Also ich würde ein Versteck wählen, auf das wir nicht kommen können, weil es vorher nicht existiert hat", sagte Abu Bakar.

„Hä?", fragte Khaled.

„Ein temporäres Versteck, das wir nicht kennen. Das vorher nicht da war und hinterher wieder weg ist!"

„Ah. Du meinst ein Boot. Aber wir wissen ja nicht, wann sie es hierhergebracht haben könnten!",

warf Khaled ein, der langsam auf Touren kam.
„Doch. Die Entscheidung, Angelos zu entführen, fiel kurzfristig. Und ein Boot nach Mykonos zu bringen, dauert auch seine Zeit. Meine Yacht macht gerade vierzig Knoten und das ist schon richtig schnell. Also müssten wir die Schiffsbewegungen der letzten zwei Tage überprüfen", stellte Abu Bakar fest. „Und die haben wir durch die Drohne!"
„Aber die steuerst du von deiner Yacht aus. Dazu müsstest du …", sagte Khaled.
„Ach was, gebt mir ein Notebook und zehn Minuten!"
Gabriel rollte zur Seite, sodass Abu loslegen konnte.
„Wehe, es schaut mir jemand über die Schulter", sagte er und lächelte.
Es war 19.09 Uhr.

Fünf Minuten später war klar: ein Boot kann es nicht sein. Im Februar ist der Schiffsverkehr überschaubar. Ein paar Fähren, ein Kahn – aber kein Boot, keine Yacht.
„Scheiße", fluchte Abu Bakar.
Khaled bekam eine Gänsehaut. Nicht einmal mehr zwei Stunden.
„Ein temporäres Versteck, aber kein Boot", sagte Abu. Er gab nicht auf.
Plötzlich hörte man ein lautes Rumpeln, gefolgt von einem Knall.
Instinktiv zogen alle am Tisch die Köpfe ein.
Khaled stand auf und schaute in Richtung Terrasse.

„Das gibt´s doch nicht. Jetzt ist der Holzstoß zum zweiten Mal umgefallen. Es ist keine halbe Stunde her, dass ich …"

„HOLZSTOSS", schrie Gabriel. „Die Holzstöße sind temporär. Die Fastenfeuer. Sie waren vorher nicht da und sind morgen verschwunden! Denkt mal nach: Legt man jemand in den Holzstoß, braucht man ihn nicht mal selbst zu ermorden. Das erledigt das Feuer. Die Leiche muss man auch nicht entsorgen. Das erledigt das Feuer. Und bei 900 Grad bleibt von der Leiche nicht viel übrig!" Gabriel wurde fast fiebrig.

„Deine Theorie fußt auf einem umgefallenen Holzstoß? Glaubst du an göttliche Zeichen?", fragte Khaled skeptisch.

„Nein. Aber ich weiß, dass der Stoß zwei Mal umgefallen ist, ohne dass jemand in der Nähe war. Das ist Fakt. Und wenn ich heute jemand ermorden und auch die Leiche beseitigen wollte: ich würde ihn in eines der Fastenfeuer legen. Sieht jemand den Transporter, denkt er sich …"

„… dass noch jemand Holz anliefert", ergänzte Abu Bakar.

Khaled warf die Arme nach oben.

„Selbst wenn? Es gibt Dutzende von Feuern auf der Insel. Wen könnten wir fragen, wo ...", begann Khaled.

Gabriel lächelte.

„Fragt doch einfach mich. Ich arbeite im Rathaus. Ich habe die Anweisungen an die Feuerwehr geschrieben. Es gibt vier Feuer. Ornos, Armenistis, Kalafati und Panormos!"

„Alle weit auseinander. Mit dem Wagen nicht zu schaffen. Wir müssten raten. Und wer trifft die Entscheidung, die – wenn sie falsch ist – Angelos das Leben kostet?", fragte Khaled. „Ich nicht. Das kann ich nicht!"

„Raten ist was für TV-Shows. Wir gehen nach Fakten", sagte Abu und überlegte.

„Gabriel. Du suchst die GPS-Daten für die vier Feuer heraus. Muss ja nicht auf hundert Meter genau sein. Dann programmiere ich die Drohne um und lasse sie die Stöße abfliegen. Die Wärme-bildkamera müsste dann Angelos in einem der Stöße erfassen. Es liegen gut zwanzig Grad Unterschied zwischen seiner und der Umge-bungstemperatur!"

„Wie lange braucht die Drohne?", fragte Khaled.

„Keine fünf Minuten", sagte Abu. „Los, Gabriel. Wir …"

„…haben keine Zeit. Als ob ich das nicht wüsste!" Gabriel tippte, notierte, tippte, notierte ... und reichte Abu den Zettel.

„Dann wollen wir mal. Kann man das Bild vom Notebook auf den großen Schirm spielen?"

Gabriel drückte zwei Tasten. „Voilà!"

Drei Minuten später starrten alle auf den Monitor.

Ornos: Fehlanzeige.

Armenistis: Fehlanzeige.

Als auch Kalafati nur ein blaues Bild lieferte, verließ Khaled fast der Mut. Würde auch Panormos blau sein, wäre Angelos so gut wie tot.

Die Drohne brauchte nur zehn Sekunden von Kalafati nach Panormos.

„Bildfolge noch langsamer", sagte Abu zu Gabriel.

Zu sehen war der Stausee, noch zwei Sekunden.

Dann war der Strand von Panormos zu sehen.

Und ein Holzstoß.

Alles blau. Nur in dem Holzstoß war ein orangener Fleck.

Es war 19.34 Uhr.

„Allhamdillulah", rief Khaled.

„Der hat nun nichts damit zu tun. ‚Preiset die Technik' wäre treffender", knurrte Gabriel.

„Los, Abu, wir nehmen den Hubschrauber", sagte Khaled. „Das schaffen wir locker!"

„KHALED! Du bist Soldat. Schalt dein Hirn ein! Einen Hubschrauber kann man nicht kalt starten. Er braucht fünf, sechs Minuten!"

„Dann bleibt nur das Auto. Das schaffe ich. Los!"

Khaled und Abu rannten zur Türe, doch Khaled blieb kurz stehen und schrie: „Gabriel. Wenn diese TV-Fuzzis kommen, lass sie aufbauen und sage, dass ich gleich komme. Ich habe Durchfall und sitze …"

Gabriel lächelte. Das könnte noch zwei Minuten bringen. „Viel Glück!"

Aber da waren Khaled und Abu schon draußen.

Der Kies flog in hohem Bogen nach hinten, als Khaled den Mercedes-SUV von den Leinen ließ.

Es war 19.37 Uhr.

38

Mykonos, Panormos

Angelos Nikakis lag auf dem Boden, der aus Sand und Steinen bestand. Er dämmerte vor sich hin.

Ihm setzte weniger die Angst oder die Gehirnerschütterung zu, die er sich beim Kidnapping zugezogen hatte – es war die Kälte, die ihn schläfrig machte. Am Boden pfiff der Wind, aber sehen konnte man nichts. Allerdings konnte er nicht gut sehen, denn sein Gehirn lieferte Doppelbilder.

Er holt sich eine Lungenentzündung, dachte Alex. Als Transplantations-Patient meist tödlich, da das Immunsystem unterdrückt werden muss, um das Organ, eine Teil-Niere, nicht abzustoßen.

Es war ein Treppenwitz des Lebens, dass eben jener Abu Bakar, der Angelos fast umgebracht hätte, nun der Retter sein könnte. Ob er es schafft, weiß ich nicht, denn in die Zukunft kann ich nicht schauen – leider, dachte Alex. Aber ich will nicht undankbar sein. Was noch vier Stunden vorher hoffnungslos schien, konnte doch noch ein gutes Ende finden. Dank Gabriel.

Er hatte die Zeichen verstanden.

„Aufwachen, Großer", sagte Alex.

Angelos brummelte nur vor sich hin.

„AUFWACHEN. Du darfst nicht einschlafen. Es

besteht Hoffnung, also bitte!"

„Ach, das sagst du nur, um es mir leichter zu machen. Das ist nett von dir. Aber ich sterbe ohnehin. Selbst wenn sie mich finden – wir beide wissen, dass ich eine Lungenentzündung nicht überlebe."

Angelos hustete und er zitterte am ganzen Leib.

„Du wirst noch nicht sterben. Ich hätte dich zwar gerne bei mir, aber das steht noch nicht auf der Tagesordnung. Denk an Khaled! Er hat es verdient, dass du kämpfst. Und Gabriel übrigens auch! Er hatte die zündende Idee. Jetzt ist nur noch die Frage, ob sie es rechtzeitig schaffen", sagte Alex.

„Aha. Und du willst mir immer noch nicht sagen, wo ich bin?"

Garantiert nicht, dachte Alex. Geht alles schief, wirst du langsam geröstet und das will vorher niemand wissen.

„Nein. Aber du musst dich hinterher bei Abu bedanken. Wer hätte das je gedacht? Und besonders bei Gabriel!"

„Nein, Alex. Ich weiß, was du denkst. Das war eine einmalige Sache …", sagte Angelos leise.

Oder er dachte es nur. Angelos konnte es nicht mehr auseinanderhalten. Sein Gehirn spielte ihm üble Streiche. Vielleicht war auch Alex nur eine gedankliche Fata Morgana.

Das Pfeifen des Windes wurde lauter und Angelos immer müder.

39

Mykonos, kurz vor dem großen Kreisverkehr

Abu Bakar sollte sich wünschen, nie in dieses Auto gestiegen zu sein. Selbst Rakka unter Beschuss war ungefährlicher, als mit diesem Irren über schlechte Straßen zu fliegen, denn: Khaled gab Gas – was die Fahrweise nur unzureichend beschreibt.

Als sie die Kuppe in Höhe des „Burro´s" erreichten, rief er:

„Festhalten!"

Khaled zog den Kopf ein und raste mit 100 km/h auf den Kreuzverkehr zu. Der SUV knallte auf das Innenrondell und flog sieben Meter durch die Luft. Als er wieder auf die Straße knallte, rief Abu:

„Halt an! Du bringst uns beide um. UND ANGELOS IST DANN AUCH TOT!"

Khaled riss das Lenkrad nach rechts und konnte in der 90-Grad-Kurve nur knapp einem anderen Wagen ausweichen.

„Panormos 6,4 Kilometer" stand auf dem Schild, was allerdings keinerlei Aussagekraft hatte, denn die Straße war so eng und miserabel, dass es einem wie fünfzig Kilometer vorkommen konnte. Abu versteifte jeden seiner Muskeln und versuchte, irgendeine Form von Balance zu halten. Vergeblich. Als sie die Gabelung erreichten und scharf nach links mussten, fuhr der SUV nur noch auf zwei Rädern.

„DEUTSCHE WERTARBEIT", brüllte Khaled – und gab wieder Vollgas. Sie rauschten in Millisekunden am Stausee vorbei. Oh Gott, oben kommt die scharfe Linkskurve. Macht Khaled einen Fehler, fliegen wir die Klippen hinunter ins Meer, dachte Abu.

Doch Khaled ging nicht vom Gas, sondern ließ den Wagen mit der Handbremse driften.

„WIE SPÄT?", brüllte er.

„NOCH ZWEI MINUTEN", schrie Abu zurück.

Das ist zu knapp, um außen herumzufahren, dachte Khaled, bremste stark und riss das Lenkrad nach rechts. Der SUV sauste die staubige Zufahrt zum Beachclub „Principoté" hinunter.

„NEIIIN", rief Abu, denn Khaled fuhr mit Vollgas auf den Eingang zu. Sie durchbrachen die Sperr-holzplatten, ließen die Rezeption zerbersten und krachten auf die Treppen, die hinunter zum Strand führten.

Am unteren Ende befand sich ein Balken und ein letztes Mal hob der SUV ab und knallte final auf den Strand.

Während Abu Bakar noch allen Göttern – egal ob christlich oder muslimisch oder sonst was – dankte, dass er diesen Ritt überlebt hatte, sah er, wie Khaled auf den Holzstoß zu rannte, mit den Armen fuchtelte und laut „STOOOP!" brüllte.

Die Menschen waren schon geschockt, ob des Autos, das den Beachclub als Motodrom benutzt hatte - und dann noch die Gestalt, die mit irrem Blick dauernd schrie.

„Das ist doch der Kronprinz. Der Alte von unserem Emir", sagte eine Frau.

„HAALT! IM … STOSS … IST … ANGELOS", hechelte Khaled unter Mühen hervor.
„Wir müssen … das Holz … abräumen, aber vorsichtig. Wenn … ein Balken herunterkracht, dann …!"

Währenddessen saß Abu noch immer im Wagen und sah, wie zwei Männer vom Stoß in südlicher Richtung wegrannten. Er griff zum Handy: „Gabriel! Ja, wir sind da und der Stoß brennt noch nicht. Sie buddeln Angelos gerade aus. Hör zu: es kommt gleich ein Fahrzeug die Straße hochgerast. In der Kurve oben ist eine Kamera. Schau, dass du an dem Wagen dranbleibst. Das sind mit Sicherheit die unfreundlichen Hauswirte unseres geliebten Bürgermeisters", sagte Abu. „JA! NATÜRLICH RUFE ICH AN, WENN ER DRAUSSEN IST. ICH BIN DOCH KEIN IDIOT!" Natürlich weiß ich, dass du genauso zitterst wie Khaled. Wenn nicht noch mehr. Dann fiel Abu ein, wie schlimm es sein musste, in einem Rollstuhl sitzend zu warten.
Auf den Anruf.
Daumen hoch oder runter.

40

Wohl selten hat ein Kronprinz so schwer und schnell gearbeitet wie Khaled an diesem Abend. Aber nachdem er gerufen und eine leise Antwort bekommen hatte, war er nicht mehr zu halten. Auch die Bewohner von Panormos hatten inzwischen begriffen, dass im Holzstoß jemand lag – und vor allem wer.

Khaled und einige Helfer räumten in Windeseile die Bretter weg. Aber das fragile Konstrukt drohte in sich zusammenzustürzen. Khaled nahm von einer anderen Stelle einen Balken, der eindeutig zu schwer für ihn war. Dennoch stemmte er ihn alleine hoch und legte ihn quer, um ein Herabstürzen des Kleinholzes zu verhindern. Er kniete sich hin und dann flogen die Äste nach hinten. Die Täter hatten keinen Zugang offengelassen, zumindest hatte Khaled keinen entdeckt. Als er sich einen Meter vorgearbeitet hatte, rief er:

„Angelos!"

Es kam eine leise Antwort: „Khaled. Mir ist kalt!"

Mir nicht. Aber für Angelos bestand Lebensgefahr. Eine Lungenentzündung wäre tödlich.

Alex hatte Khaled genau erklärt, auf was er achten müsse. Dass Angelos seine Immunsuppressiva nehmen, aber gleichzeitig jede Infektion vermieden werden müsste.

Auf für den Notfall hatte Alex genaue Anweisungen erteilt: sofort eine Infusion mit Antibiotika legen. Khaled sollte es sogar bei Alex ausprobieren, was zu leichten Problemen führte, weil Khaled zwei Mal Alex´ Vene durchstochen hatte.

Aber er fand es bewundernswert, wie sehr sich Alex um Angelos sorgte, obwohl sich die beiden getrennt hatten.

Ich muss mich beeilen.

„Gebt mir eine Decke", schrie er nach draußen. Nachdem es kühl war, hatten einige Frauen Decken um sich gewickelt.

Khaled kämpfte sich durch das letzte Geäst und dann sah er Angelos´ Füße.

„Ich bin da, Großer!"

Es knackte verdächtig über ihm. Ich muss mich beeilen.

„Ich versuche, dich an den Beinen herauszuziehen!"

„Untersteh´ dich", sagte Angelos leise.

Was meint er, dachte Khaled.

„Ich liege auf dem Bauch. Wenn du mich so rausziehst, schrammt mein Gesicht über den Boden!"

Khaled brach in Gelächter aus.

Angelos´ Eitelkeit war nicht umzubringen.

Angelos drehte sich unter Schmerzen und Khaled konnte sehen, wie die Füße zitterten. Dann zog ihn Khaled langsam aus dem kleinen Hohlraum im Inneren. Als er Angelos herausgezogen hatte, zückte er sein Messer und trennte die Fesseln durch. Es lebe der arabische Dolch.

Dann legte sich Khaled auf Angelos und begann hemmungslos zu weinen.

„Die Oase lebt noch, mein geliebtes Kamel", flüsterte Angelos und lächelte.

41

Mykonos, Ornos

A ngelos Nikakis war noch schwach auf den
Beinen. Die Muskulatur und die Gelenke
litten noch unter den Fesseln und der
Bewegungslosigkeit. Und so legte Khaled seinen
Arm um Angelos´ Hüfte.
Abu musste dringend zu seiner Yacht, denn er
erwartete eine Warenlieferung, wie er grinsend
meinte.
„Danke, Abu. Ich befürchte, ich kann nicht ‚nein'
sagen, wenn du eine Verlängerung des Deals
möchtest", sagte Angelos.
„Willst du mich beleidigen? Das war ein Freund-
schaftsdienst. Ich hoffe, ihr springt mir auch mal
bei, wenn der Sensenmann bei mir an Deck
steht", antwortete Abu.
„Worauf du dich verlassen kannst", sagte Khaled.

Endlich zuhause, dachte Khaled. Und Gott sei
Dank vollzählig, wobei Khaled besonderen Wert
auf die dritte Person legte: Angelos.
Als sie das Haus betraten, hörten sie einen
Jubelschrei. Angelos ging in die Küche. Dort saß
Gabriel in seinem Rollstuhl und strahlte wie ein 15-
Iähriger nach seinem ersten Geschlechtsverkehr.
„Ich hab mir fast in die Hose gemacht", sagte
Gabriel.

„Und ich *habe* mir in die Hose gemacht",
antwortete Angelos. „Also rieche ich heute wohl
nicht nach Pfirsich!"
„Das ist mir egal. Du könntest mir auch ins Gesicht
pissen!"
„Das war ja klar", knurrte Khaled.
„Ich kann dich nicht mal umarmen", sagte
Gabriel.
Angelos ging auf die Knie, fasste Gabriels Kopf
und küsste ihn auf den Mund: „Danke", flüsterte
er. Ob es nun stimmt, dass Gabriel den entschei-
denden Einfall hatte oder nicht – es spielte keine
Rolle.
„Ich friere noch immer wie ein Ägypter in Sibirien.
Können wir uns draußen an den Kamin setzen?"
Khaled nickte.
„Ich mache Feuer, Gabriel macht Espresso und
du schiebst ihn dann raus!"
„Zu Befehl, Herr Oberstleutnant!"
„Aber wehe, ihr fangt das Knutschen an", knurrte
er.
„Bitte heute keine Eifersucht. Dafür hab ich keinen
Nerv und Gabriel hat es nicht verdient", sagte
Angelos.

Fünf Minuten später saßen sie im Freien und im
Kamin knisterte es.
„Was ist mit den zwei Arschlöchern, die vom
Strand weggerannt sind?", fragte Khaled.
„Um die braucht ihr euch nicht mehr zu kümmern.
Das Fahrzeug war leicht zu verfolgen. Es herrscht
kaum Verkehr!"

„Und wo sind sie jetzt? Ich würde mich gerne für die Gastfreundschaft persönlich bedanken", knurrte Angelos.

„Das ist nur schwer möglich", sagte Gabriel.

„Warum?"

„Weil sie schon im Flughafen in einer Zelle sitzen. Die Herren fuhren nach Kalo Livadi und nach nur fünf Minuten saßen sie samt Gepäck wieder im Wagen – auf dem Weg zum Flughafen. Dort landete zufällig eine Privatmaschine aus Dubai. Ich habe die Maschine blockieren lassen, mit zwei Tanklastern und dann hat sie die Flughafenpolizei aus dem Flugzeug holen lassen. Es hat seine Vorteile, wenn man im Rathaus arbeitet. Alle glauben, die Anweisungen kommen vom Chef!"

„Super. Dafür hättest du glatt noch einen Kuss verdient", sagte Angelos.

„Nichts da. Das war eine einmalige Sache", murrte Khaled. „Auch wenn ich zugeben muss, dass ohne Gabriel …"

„Wie seid ihr eigentlich auf das Fastenfeuer gekommen?", fragte Angelos.

„Du wirst es kaum glauben. Der dämliche Holzstoß ist gleich zweimal umgefallen, ohne dass jemand in der Nähe war. Beim zweiten Mal rief Gabriel ‚Holzstoß' und dann hat Abu das Kommando übernommen. Ich war keine große Hilfe", gab Khaled zerknirscht zu.

Angelos nahm seine Hand.

„Mach dir keinen Kopf. Ich weiß, wie es ist, wenn man vor lauter Angst gelähmt ist", sagte Angelos. Khaled nickte dankbar.

„Das war ein Scheiß Karneval. Nächstes Jahr fliegen wir nach Venedig!"

Angelos wurde müde und schloss die Augen. Bevor er wegdämmerte, sagte er leise:

„Danke, Alex!"

Dann schlief er ein.

Khaled und Gabriel schwiegen für einige Minuten. Dann sagte Gabriel:

„Verdreckt und fertig sieht er fast noch besser aus!"

Khaled lächelte.

„Mach dir keine Hoffnungen!"

41

Riad

Prinz Abdullah saß an seinem Schreibtisch und schaute fassungslos auf den Bildschirm. Die Sprecherin von Al-Jazeera las vom Teleprompter einen Text ab, den Abdullah nie vergessen würde:

…. hat die griechische Polizei am Flughafen Mykonos zwei saudische Geheimdienstler festgenommen, die gestanden haben, vor zwei Tagen das Flugzeug abgeschossen zu haben, an dessen Bord sich Emir Raschid von Fudscheirah und zwei Piloten befanden. Auftraggeber des Attentats soll die saudische Führung sein, genauer: Kronprinz Abdullah. Nach der Ermordung des Journalisten in Istanbul und der de facto-Geiselnahme des libanesischen Ministerpräsidenten Hariri ist dies der dritte brutale Akt vonseiten des Kronprinzen von Saudi-Arabien. Diplomatische Kreise im Westen haben keinerlei Zweifel an der Verantwortlichkeit Abdullahs. Zwischenzeitlich hat das letzte lebende Familienmitglied der Al-Massawi-Dynastie, Khaled, mitgeteilt, dass er das Amt des Emirs nicht antreten wird. Er regte an, eine Volksabstimmung über die Zukunft des Emirats abzuhalten. Er werde sich aber in keinster Weise einmischen.

Heute Morgen wurde uns zusätzlich ein Video zugespielt, auf dem zu sehen ist, wie der Kronprinz vor zwei Jahren Prinzessin Safiye von Fudscheirah in ihrem Zimmer angefallen hat. Nur durch einen beherzten Tritt entging die Schwester des verstorbenen Emirs Raschid einer Vergewaltigung. Die folgenden Bilder können verstörend sein, müssen aber im Zusammenhang mit den anderen Taten Abdullahs gezeigt werden. Dies gebührt die journalistische Sorgfaltspflicht.
Die Authentizität des Videos wurde geprüft!"
Auf dem Bildschirm war zu lesen:

Courtesy of Khaled & Angelos.

Dann sah man Safiyes Zimmer und Prinz Abdullah mit heruntergelassenen Hosen. Kurz darauf sah man, wie ein wimmerndes Männlein am Boden lag – mit schmerzverzerrtem Gesicht.

„Diese dreckigen Wichser, diese perversen …", sagte Abdullah vor sich hin, wurde aber durch das Brummen des Handys unterbrochen.
Er hörte eine Stimme, die sagte: „Der König will Sie sehen. Sofort!"
Keine ‚Königliche Hoheit' – nichts.

Band 20
Mykonos Crime
Darknet
erscheint vorauss. 11. Juni!

An der Uferpromenade mitten in
Mykonos-Stadt wird die Leiche eines
jungen Mädchens gefunden, das
niemand kennt. Getötet und
vergewaltigt.
Als ein zweites Opfer gefunden wird,
vermutet Kommissar Angelos Nikakis,
dass er es mit einem Pädophilenring
zu tun haben könnte. Zusammen mit
seinem Ehemann Khaled nimmt er
die Spur im Darknet auf. Er stößt
dabei auf Beteiligte, die aus den
höchsten Kreisen in Athen stammen
und die ihre eigene
„Flüchtlingspolitik" verfolgen.

Paul Katsitis

Paul Katsitis   DARKNET   Mykonos Crime 20

MYKONOS CRIME

Darknet

Angelos' Nikakis 20. Fall

An der Uferpromenade mitten in Mykonos-Stadt wird die Leiche eines jungen Mädchens gefunden, das niemand kennt. Gefoltert und vergewaltigt.

Als ein zweites Opfer gefunden wird, vermutet Kommissar Angelos Nikakis, dass er es mit einem Pädophilenring zu tun haben könnte. Zusammmen mit seinem Ehemann Khaled nimmt er die Spur im Darknet auf. Er stößt dabei auf Beteiligte, die aus den höchsten Kreisen in Athen stammen und die ihre eigene „Flüchtlingspolitik" verfolgen.

Vorschau:
Band 21
Beretta
erscheint im August 2020!

Eine Bombe explodiert im Gericht von Mykonos während eines Prozesses gegen einen Waffenhändler, der im Tumult fliehen kann. Kurz darauf werden zwei tote Taucher auf Dragonisi, einer kleinen Nachbarinsel, an Land gespült. Sein Bauchgefühl sagt Kommissar Angelos Nikakis: Beide Vorfälle gehören zusammen. Doch wie? Und was ist so interessant an dem untergegangenen Wrack der „Anna II", die vor dreißig Jahren an den Riffen der Ostküste zerschellt war?

Paul Katsitis – Carneval 19

Carneval in Griechenland? Bestimmt nicht,
denken viele. Von wegen: Rosenmontag ist einer
der wichtigsten Feiertage. Doch auf Mykonos wird
Carneval gestört: in der Nähe von Kalafati wird
ein Motorradfahrer tot aufgefunden. Obwohl der
Kopf abgetrennt wurde, gelingt es Kommissar
Angelos Nikakis schnell, ihn zu identifizieren: das
Opfer ist ein Emirati, Landsmann von Angelos´
Ehemann Khaled. Zufälle gibt es nicht, sagt
Angelos immer – und leider behält er Recht.

Paul Katsitis – Tödliche Libido 18

Auf einem Kreuzfahrtschiff wird ein 19-jähriger
Steward vermisst.
Kommissar Angelos Nikakis nimmt den Fall
zunächst nicht ernst. ‚Der Junge macht sich
auf Mykonos ein paar schöne Tage', denkt er.
Und es gibt keine Leiche.
Doch er täuscht sich. Eines Abends besucht
ihn der Premierminister, Antonis Migiakis, der
mit Angelos befreundet ist und gesteht, dass
der junge Pavlos sein heimlicher Liebhaber
war.

Kurz darauf melden sich die Entführer – und die Forderungen haben es in sich. Angelos muss den Jungen finden, sonst ist Migiakis politisch erledigt.
Und zur Lösung des Falls braucht er die Hilfe eines altbekannten Drogenbarons: Abu Bakar.

Paul Katsitis – Botschafter 17

Kommissar Angelos Nikakis und sein Partner Khaled retten ein Kind vor dem Ertrinken. Es ist zufällig der Sohn des israelischen Botschafters. Aus Dankbarkeit wird der Botschafter der Trauzeuge von Angelos und Khaled. Einen Tag später zerreißt eine Bombe dessen Wagen. Was zunächst nach einem Terrorakt aussieht, entpuppt sich als ein Geflecht aus Kunstdiebstahl, Verschwörung und Mord. Und Kommissar Nikakis muss tief in der Vergangenheit wühlen.

Paul Katsitis – Spione 16

Ein russischer Überläufer soll über Mykonos in den Westen geschleust werden. Auf der Kykladen-Insel soll er sich in einer der zahlreichen Schönheits- kliniken eine gesichtsveränderte Operation unterziehen. Kommissar Angelos Nikakis soll den Agenten während des Aufenthaltes schützen. Kein größeres Problem, denkt er. Bis plötzlich drei Geheimdienste auf der Insel am Werke sind. Und sich letztlich Angelos´ Leben für immer verändert.

Paul Katsitis – Khaled 15

Eine Explosion auf Delos töten einen Archäologen. Das erste Rätsel für Kommissar und Bürgermeister Angelos Nikakis. Das zweite Rätsel hingegen – wen er denn nun liebt – löst sich: er trennt sich von Alex und zieht zu Kronprinz Khaled. Doch zwei Tage später wird dieser von einem Attentäter niedergeschossen

Paul Katsitis – Trauma 14

Chefermittler und Bürgermeister Angelos Nikakis glaubt es zunächst nicht: auf der trockenen Insel Mykonos soll ein Golfplatz errichtet werden. Als Nikakis den Investor trifft, glaubt er ihn zu kennen. Bevor er sich erinnert, ereignen sich zwei Morde. Angelos´ Ehemann Alex findet währenddessen heraus, woher Angelos den Investor kennt.
Bald geschieht ein dritter Mord. Und der Täter ist Alex.

Paul Katsitis – Royals 13

Zehn Seemeilen entfernt von Mykonos wird ein großes Gasfeld entdeckt. Bürgermeister und Kommissar Angelos Nikakis greift zu allen (auch illegalen) Tricks, um Bohrtürme in der Ägäis zu verhindern.
Als dann eine Prinzessin des Emirats Katar während eines Besuchs auf Mykonos entführt wird, scheint es zunächst nicht so, als würde ein Zusammenhang bestehen. Wenige Tage später ist die Prinzessin tot – und Angelos Nikakis sitzt im Gefängnis.

Paul Katsitis – Der Putsch 12

1967 putscht in Griechenland das Militär. Hellas und auch Mykonos ächzen unter der Diktatur.
52 Jahre später gibt es wieder einen Regierungswechsel in Athen. Doch die Ereignisse

von damals werfen ihre späten Schatten.
Ein Flugzeugabsturz und Kommissar Angelos
Nikakis sorgen dafür, dass es zu einem politischen
Erdbeben kommt.

Paul Katsitis – Glut 11

Der Alptraum aller Chora-Bewohner wird
wahr. Ein Großbrand wütet in den engen
Gassen der Stadt. Eine knifflige Aufgabe nicht
nur für die Feuerwehr, sondern auch für
Kommissar und Bürgermeister Angelos Nikakis.
Denn in einem Haus findet man eine Leiche.
Ein Brandopfer, denken viele. Doch sie wurde
erschossen. Drei weitere Morde und der
Wiederaufbau lassen Angelos kaum Zeit Luft
zu holen.

Paul Katsitis – Abseits 10

Im Stadion von Mykonos wird die Leiche eines
Mannes gefunden. Da der Mann Fan von
Olympiakos Piräus war, geraten alle Anhänger
des Konkurrenzvereins Panathinaikos Athen in
Verdacht. Die Indizien lassen zunächst keine
andere These zu und der Hass zwischen beiden
Lagern ist tatsächlich so groß, dass auch ein Mord
im Bereich des Möglichen liegt.
Doch als Kommissar Angelos Nikakis in die Welt
der Spielerscouts eintaucht, stellt er fest, dass es
um ganz andere Dinge ging: um Menschen-

handel, Pädophilie und natürlich eine Menge Geld!

Paul Katsitis – Sturm über Mykonos 9

Paul Katsitis – Die Maske 8

Nach einem Banküberfall erschießt Alex einen der Räuber auf der Flucht. Da er ihn ohne Vorwarnung in den Rücken geschossen hat, steht er bald unter Anklage.
Im Schatten des Prozesses gelingt es einem neuen, besonders brutalen Drogenhändler, genannt „Máská", sein Netzwerk auszubauen. Und er zögert auch nicht, als sich ihm die Gelegenheit bietet, Kommissar a.D. Angelos Nikakis aus dem Weg zu räumen.

Paul Katsitis – Hass 7

Es ist ein besonderer Fall für die beiden Ermittler Alex und Angelos Nikakis. Die Leiche eines jungen Mannes wird in den Dünen gefunden. Am und im Körper des Toten findet sich die DNA von Angelos. Er wird verhaftet.

Paul Katsitis – Skalpell 6

Am Strand von Ornos wird eine Frauenleiche gefunden. Es ist die Tochter des Bürgermeisters. Der Leiche fehlen Nieren und Leber.

Doch es geht bei der Mordserie nicht nur um Organe, wie die beiden Ermittler Alexandros und Angelos Nikakis bald feststellen. Es existiert ein komplexes Netzwerk, das verschiedene kriminelle Felder abdeckt, und so mancher Inselbewohner ist darin verstrickt.

Paul Katsitis – Inzest 5

Ein Bräutigam, der sich am Tag der Hochzeit vom Balkon stürzt und eine Mädchenleiche in einer Wagenpresse. Zwei Fälle für die beiden Ex-Kommissare Alex und Angelos Nikakis Zwei Fälle, die sich nach und nach aufeinander zu bewegen.

Paul Katsitis – Der-Drei-Sterne-Mord 4

Im besten Restaurant der Insel wird der Chefkoch, ehemals Leibkoch Gaddafis, mit durchschnittener Kehle aufgefunden. Ein schwieriger Fall für Alex und Angelos, zumal die eigene Familie mit beteiligt ist. Der Fall erfährt eine erstaunliche Wendung, als die beiden Ermittler erfahren, dass der britische Außenminister Mykonos besucht – auf dem Landsitz des griechischen Premierministers.

Paul Katsitis – Tattoo 3
Zwei Highlights stehen auf dem Programm des Wochenendes: ein hochdotiertes

Beachvolleyball-Turnier und die Eröffnung der ersten Spielbank auf der Insel.
Nicht ins Programm passen zwei Tote: ein 19-jähriger Junge und einer der Beachvolley-ballspieler. An dessen „natürlichem Tod" haben die Ermittler Alex und Angelos so ihre Zweifel.

Paul Katsitis – Rache 2

Im Kloster Ano Mera auf Mykonos wird ein Priester tot aufgefunden, dessen Leiche übel zugerichtet ist. Es sieht nach einem Rachemord aus – doch wofür?

Paul Katsitis – Die Bestie von Mykonos 1

Zwei Kriminalbeamte, Alexandros und Angelos, quittieren den Dienst und eröffnen gemeinsam auf Mykonos eine Bar. Nebenher betreiben sie eine kleine Privat-Detektei. Da die Polizei chronisch unterbesetzt ist, werden Alex und Angelos – wegen ihrer Erfahrung - regelmäßig hinzugezogen.
Mykonos ist in Aufruhr. Offensichtlich foltert, vergewaltigt und tötet ein Mann junge Touristen. Um ihn zu stellen, bleibt nichts anderes übrig, als dass Angelos den Lockvogel spielt – mit furchtbaren Konsec

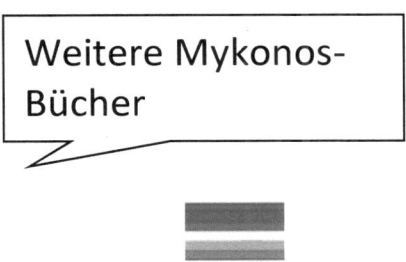

Weitere Mykonos-Bücher

MYKONOS LOVE STORY
Von Michael Markaris

„Die Mykonos Love Story 1-11" von Michael Markaris.
Kommissar Pandis hat mit 53 sein Coming-Out und verliebt sich in den 29-jährigen Angelos.

Bisher erschienen:
Mykonos Love Story 1
Mykonos Love Story 2 – Das goldene Ei
Mykonos Love Story 3 – Morgenröte über Mykonos
Mykonos Love Story 4 - Mykonos Speed
Mykonos Love Story 5 – Rape-Vergewaltigung
Mykonos Love Story 6 – Der rosa Leopard
Mykonos Love Story 7 – Rückkehr der Leoparden
Mykonos Love Story 8 – Crash!
Mykonos Love Story 9 – Der tote Pelikan
Mykonos Love Story 10 – Photia-Feuer
Mykonos Love Story 11 – Der tote Archäologe